Diogenes Taschenbuch 24549

de
te
be

CHRISTOPH POSCHENRIEDER, geboren 1964 bei Boston, studierte Philosophie in München und Journalismus in New York. Seit 1993 arbeitet er als freier Journalist und Autor von Dokumentarfilmen. Heute konzentriert er sich auf das literarische Schreiben. Sein Debüt *Die Welt ist im Kopf* wurde vom Feuilleton gefeiert und war auch international erfolgreich. Mit *Das Sandkorn* war er 2014 für den Deutschen Buchpreis nominiert. Christoph Poschenrieder lebt in München.

Christoph Poschenrieder
Der unsichtbare Roman

ROMAN

Diogenes

Die Erstausgabe erschien 2019 im Diogenes Verlag
Dieser Roman wurde von der Landeshauptstadt München
durch ein Arbeitsstipendium von 6000 Euro gefördert
Covermotiv: Gemälde von Luigi Lucioni,
›Young man holding a red book‹

Dieses Buch ist Eva Schuster und allen anderen gewidmet,
die an das (noch) Unsichtbare glauben

Veröffentlicht als Diogenes Taschenbuch, 2021
Alle Rechte vorbehalten
Copyright © 2019
Diogenes Verlag AG Zürich
www.diogenes.ch
80/21/44/1
ISBN 978 3 257 24549 3

Man kann vom Dichten leben erst,
wenn man längst krepiert ist.
Gustav Meyrink

Das Wort hat mich behext.
Kurt Eisner

Inhaltsverzeichnis

Vorher
Es klopft 11 · Meyrink 18 · Mühsam 22
Kolosseum 28 · Egoist 35 · Mena 40

Anfang
Berlin 53 · Hahn (1) 59 · Hahn (2) 71
Ich 82 · Ich, Goldmacher 88 · Vorschuss 100
Ich, Bankier 102 · Zwei Worte? 114 · See 117
Spätsommertag 123

Mitte
Frei 133 · Krähe 139 · Augustin 145
Lügen 152 · Ich, Jude 157 · Dominosteine 168
Ich, Schriftsteller 178 · Schauen 187
Ich, Okkultist 190 · Wind 199
Edelanarchist 209 · Revolution 221
Buchstabensuppe 225 · Krüppelparade 231

Ende
Unsichtbar (1) 242 · Unsichtbar (2) 250
Ich, Romanfigur 253

Nachher
Hahn 262

Notiz zur Geschichte der Geschichte 268

Vorher

Es klopft

Es klopft.
Teufel noch mal, denkt Meyrink, wer klopft? Der Einzige, der hier klopfen darf – und zu gegebener Zeit auch klopfen wird –, bin ich, und ich habe nicht geklopft.

Er blickt in vier entgeisterte Gesichter. Das hätten sie nicht gedacht. Ausgerechnet bei einer spiritistischen Sitzung. Das Tischrücken hat kaum begonnen, der Tisch noch nicht einmal gezittert, schon gar nicht geschwebt, und es klopft. Die Apothekerwitwe bewegt stumm die Lippen, die Frage, die sie an den lieben Verstorbenen richten will, muss hinaus. Meyrink hebt die Hand; die Witwe ist jedoch nicht zu bremsen.

»Hartmut, bist du das?«

Wieder klopft es, und wieder ist es nicht der Hausherr. Es ist sicher nicht das Jenseits, das sich meldet, das wäre das erste Mal. Jemand am Tisch sabotiert die Séance. Jemand reißt das alberne Spiel an sich. Jemand treibt Scherz in einer ohnehin schon lächerlichen Situation. Jemand macht sich lustig, über ihn, Meyrink, den Spiritisten vom *Haus zur letzten Latern*. Die Apothekerwitwe ist es nicht. Sie legt die Hände wie zum Gebet zusammen.

»Hartmut, Liebster, es ist wegen des Schmucks, ich bitte dich. Wo hast du den Pfandschein versteckt?«

»Bitte nur Ja-Nein-Fragen, gnädige Frau«, sagt Meyrink. Die drei anderen – Kimmerle, der Bankier, Eisenschmid, ein Fuhrunternehmer, von Rambaldi, Privatier – betrachten die Witwe dringlichst, als ginge es ihnen ebenfalls um den Pfandschein. Der Bankier kräuselt die Lippen in einem dezent süffisanten Lächeln. Elender Schuft, denkt Meyrink, deine Sorte kenne ich aus eigenem Erleben.

Es klopft. Es hämmert. Das ist nicht Hartmut, der Spieler, der seiner Witwe aus der Patsche helfen soll, der reumütig (weil er den Schmuck der Gemahlin für Spielschulden versetzt hat) aus dem Jenseits die Hand reicht. Da ist jemand an der Haustür; und der verliert die Geduld. Meyrink erwartet keinen Besuch und kann jetzt auch keinen gebrauchen. Mena, seine Frau, ist mit den Kindern in der Stadt geblieben; besser, wenn sie das hier nicht mitbekommen. Dumm, dass er sich hat überreden lassen. Aber wenn die Honoratioren immer wieder drängen … Von Rambaldi ist wie Meyrink und Eisenschmid im Vorstand des Ruderclubs, der Fuhrmann hat ihm den letzten Umzug – es wird hoffentlich, hoffentlich der letzte bleiben – in dieses herrliche Haus besorgt, zu einem Preis unter Sportkameraden. Und Kimmerle sitzt der örtlichen Spar- und Darlehenskasse vor, was, sofern die Vorsehung es gut mit Meyrink meint, niemals eine größere Bedeutung erhalten sollte; aber die Zeiten sind schlecht, mit Aussicht auf noch schlechtere. – Von unten erneut das dringliche Hämmern an der Haustür.

»Entschuldigen Sie, meine Dame, meine Herren«, sagt Meyrink, »sicher nur ein später Hausierer. Wir setzen die Séance in einer Minute fort, behalten Sie bitte Ihre Plätze.«

Von Rambaldi schiebt das Zigarrenetui wieder ein. Die

Apothekerwitwe macht ein betrübtes Gesicht; solcherart, dass Meyrink im Hinausgehen innehält und sagt: »Nur keine Sorge, es wird uns schon gelingen, Ihren Mann herbeizuzitieren.«

Worauf sich der Bankier vernehmen lässt: »Aber ganz sicher.«

Meyrink stößt die Haustür auf – beinahe fegt er den Einarmigen von der Schwelle, der da steht, mit erhobener Faust, und dem nun die andere Hand besonders abgeht, nämlich um nach dem einseitig angebrachten Geländer zu greifen und seinen unvermeidlichen Sturz rücklings fünf Stufen hinab zu verhindern – also packt Meyrink ihn am leer schlenkernden Rockärmel und stabilisiert den taumelnden Mann fürs Erste, selbst wenn ihm eher danach ist, dem Fallenden noch einen Stoß zu verpassen. Beherrschung, sagt er sich, Beherrschung. Warum nennt man mich den Buddha vom See?

Mit einem Hausierer hat er es nicht zu tun, das ist ein feiner weicher Wollstoff, den er gerade noch in der Hand gehalten hat. Auf der gegenüberliegenden Straßenseite steht ein langgestreckter, dunkler Wagen wie ein dösender Panther, schnurrend und sprungbereit, der Motor läuft. Der Chauffeur lehnt mit geschlossenen Augen an der Flanke und dreht seine Mütze vor dem Bauch, als lenke er den Wagen über eine kurvige Straße. Von dem Tumult an der Tür hat er nichts mitbekommen; oder er ist überaus diskret.

»Wer sind Sie, und was wollen Sie?«, fragt Meyrink den Einarmigen.

Der fischt nach einem Brief in der Innentasche seines Rockes und sagt:

»Sie sollen einen Roman schreiben.«

Meyrink denkt, der andere hält ihn zum Besten. Dieser Einarmige ist gewiss kein Gesandter seines Verlegers. Der, wenn Meyrink ihm ankündigte, er habe ein Romanmanuskript fertig, mit vielen Worten doch nur sagen würde: Schon wieder? Wir haben noch reichlich lagernd vom *Grünen Gesicht* und von der *Walpurgisnacht*.

»Wer will das?«

»Das Auswärtige Amt in Berlin«, sagte der Mann, »mein Name ist Doktor Rechenmacher, und ich bin nur der Überbringer der Nachricht, die ich in Ihre Hände zu legen habe. Diese Anfrage nur einfach so per Post zu schicken – ich weiß nicht –, ich bin hier, um die Ernsthaftigkeit dieses Angebots zu unterstreichen.«

Es ist übrigens der rechte Arm, den er verloren hat. Er hält sich etwas schief, die Schulter links ein wenig tiefer, als fehlte auf der anderen Seite das Gegengewicht. Ist wohl noch nicht so lange her, denkt Meyrink, der hat wohl den Arm auf einem der Schlachtfelder gelassen. Aber um einen Brief zu überbringen, reicht ein Arm. Solange die Hand noch dran ist; oder eine Prothese. Man sieht so viele Krüppel in diesen Tagen. Unglaublich, was einem alles an Extremitäten fehlen kann, und dennoch leben diese Gestalten.

Auf dem Umschlag erkennt Meyrink seinen Namen. Darunter steht:

= = = P E R S Ö N L I C H ! = = =

»Und ich brauche Ihre Antwort«, sagt Rechenmacher, »zumindest einen Vorbescheid. Ob Sie interessiert wären. Es eilt nämlich ein wenig.«

Was Meyrink bräuchte, ist die Lesebrille; aber die liegt oben, bei den vieren. Dorthin will er nicht. Er tastet nach dem Hausschlüssel in der Rocktasche und zieht die Tür hinter sich ins Schloss.

»Sie sind mit dem Inhalt vertraut?«, fragt er den Sendboten.

»In groben Zügen, mein Herr. Die Angelegenheit ist im Grunde überaus simpel: Wir möchten, dass Sie einen Roman schreiben, aus dem für jedermann klar ersichtlich und verständlich wird, wer am Ausbruch des andauernden, bedauerlichen Krieges schuld ist. Wenn es außerdem unterhaltsam wäre, schadet es auch nicht.«

Meyrink, verdutzt: »Bitte, wie?«

»Nun ja«, sagt Rechenmacher, »ein Tatsachenroman, ist wohl auch durchaus modern.«

»Und wer, um alles in der Welt«, sagt Meyrink, »soll schuld sein an diesem gigantischen Schlamassel?«

»Ich bin nicht ermächtigt, darüber Auskunft zu geben«, sagt Rechenmacher, »vielleicht weiß ich es auch nicht.«

»Und wenn meine Nachforschungen ergeben, dass es die Mohikaner gewesen sind?«, fragt Meyrink.

»Solange es schlüssig dargelegt ist. Also, meine Meinung. Ich lese Romane, durchaus gerne. Aber sprechen Sie das bitte mit Berlin ab.«

So richtig überzeugt klingt er jedoch nicht.

»Haben Sie irgendeine Legitimation außer diesem Brief, Herr Doktor Rechenmacher?«, fragt Meyrink, dem plötzlich Zweifel kommen. Man treibt Scherz mit ihm. Was sonst? So etwas ist doch – unerhört.

»Ich bin nur der Bote, wie gesagt, alles Weitere ergibt

sich aus dem Schreiben, welches natürlich auch nicht die Frage der Honorierung ausspart. Was darf ich nach Berlin melden?«

Nun ist immerhin das Stichwort gefallen, auf das hin auch weniger bedürftige Kandidaten als Meyrink aus der Kulisse herbeigeeilt gekommen wären. Natürlich muss die Honorierung über den Fall entscheiden. Es besteht hier die Gefahr des schriftstellerischen Selbstmordes: Da sollte es schon ein seidener Strick sein, an dem man sich aufhängt. Aber noch ist der Brief nicht geöffnet, noch ist er, Meyrink, nicht kompromittiert, noch kann er den Umschlag an den Einarmigen zurückreichen, mit vor Indignation zitternder Stimme ausrufen: Was erlauben Sie sich, mich mit Ihrem abstrusen, was sage ich, infamen Anliegen heimzusuchen! Ich bin ein Künstler und damit per definitionem nicht käuflich.

Gut, denkt Meyrink, gut, wenigstens ein Mal in Gedanken inszeniert zu haben, was auszusprechen ich nicht über mich bringe. Nicht jetzt.

Er versenkt den Brief in der Rocktasche.

»Ich muss ein, zwei Nächte darüber schlafen«, sagt Meyrink und schiebt nach: »Bin jedoch nicht abgeneigt.«

Als er in den vernebelten Raum zurückkehrt (Kimmerle und von Rambaldi haben sich, verdrossen ob der langen Wartezeit, Zigarren angesteckt), sagt er abwesend: »Ich hatte eine Erscheinung.«

»Sie?«, ruft empört die Apothekerwitwe, »ohne uns?«

Recherchenotiz

[Typoskript in *Meyrinkiana*, VII.1.; Bayerische Staatsbibliothek München; Ansatz zu einer geplanten Autobiographie von Gustav Meyrink, Titel: *Styx* (?), undatiert]

Ich will dieses Buch beginnen, in dem ich von Begebnissen aus meinem Leben erzähle.

Meyrink

Meyrink braucht mehr als zwei Nächte, um die Sache zu überschlafen. Das Klären der Dinge im Schlaf, das sonst so gut funktioniert, bleibt in dieser Angelegenheit ohne Wirkung. In der Tat liegt er lange wach, und wenn er schläft, dann so unruhig, dass Mena ihn anzischt. Einige Male verlässt er das Bett und versucht, Ruhe im Yogazimmer zu finden – erfolglos. Das Angebot des Einarmigen erscheint ihm mal verlockend, mal empörend. Frivol ist es jedenfalls. Bei wie vielen Kollegen ist der Einarmige sonst noch vorstellig geworden? Womit man rechnen muss: Meyrink ist nicht der Einzige in diesem Rennen. Wer noch? In Bogenhausen, bei Thomas Mann, wird der schnurrende Panther nicht vorgefahren sein. Hat der nicht nötig. Sonst kommt wohl jeder im Land in Frage.

Haben die anderen Angefragten den einarmigen Gesandten hochkant hinausgeworfen oder gar nicht erst hereingebeten? War es falsch, den Einarmigen so schnöde vor der Türschwelle abzufertigen? Wird der Mann in Berlin berichten, und hat sein Wort Gewicht? Wie kommen sie überhaupt auf ihn, Meyrink? Und ist das in sich selbst bereits eine Geringschätzung seines Werks – oder eine irgendwie verquere Form der Hochachtung?

Was hat er, Meyrink, denn bitte schön für ein schriftstellerisches Renommee, wenn man in Berlin glaubt, er könne, mit Verlaub, jeden Unsinn erzählen – wiewohl er es kann und getan hat. Seine Werke wurden ja auch gelesen und geliebt, die Kritik nannte sie gern skurril, bizarr und gelegentlich genial: Dass die Körpertemperatur eines Menschen so hoch ansteigen kann, dass nur ein Asbestanzug ihn noch zu kleiden vermag, weil alles andere sofort in Flammen aufginge … das nahm man ihm ab. Von Tschitrakarna, dem vornehmen (und sprechenden) Kamel gar nicht zu reden. Solche Dinge … phantastische Geschichten eben. Zum Schreiben echter Märchen fehlt Meyrink die rechte Moral, das Interesse an Gut und Böse. Und für das realistische Fach, nun ja – die Realität ist entweder grässlich oder langweilig oder beides, jedenfalls nichts für einen intelligenten Menschen. Dennoch hat sein Schreiben immer ein Publikum (vielleicht sogar ein intelligentes, wie Meyrink stets gehofft hatte) gefunden. Und ja, der *Golem*. Sein Bestseller; auch ein wenig im Nebulösen angesiedelt. Der Golem, das ist ein sagenhaftes Monstrum, aus Lehm geformt; und der Rabbi Löw legt ihm einen Zettel in den Mund, auf dem ein magisches Wort steht, und schon marschiert das Monstrum durch die Welt, die Bösen zu richten und die Unschuldigen zu schützen.

Na, denkt Meyrink, und welches mag das Zauberwort sein, das dieses Monster von Roman in Marsch setzt? Die »Schlechtestmögliche Wahrheit« oder die »Besterfundene Lüge« oder –?

Es zwickt und beißt, wie man es auch zurechtzupft. Meyrink weiß einfach nicht, ob er sich ärgern oder freuen soll. Es zwickt und beißt übrigens auch im Portemonnaie.

Das Haushaltsbuch ist das einzige Buch, das er in letzter Zeit regelmäßig anfasst, um mit dem Bleistift (als gäbe es etwas zu radieren) das Desaster seiner finanziellen Lage zu protokollieren. Das ist peinigend, aber auch reinigend. Da mag man samt Familie in einem reizenden Haus direkt am See residieren, mit privatem Steg und Bootshäuschen dazu – dies ist alles dem Golem zu verdanken, dem Wesen, das in einem Zimmer ohne Tür vegetiert –, aber ein Anstrich des Hauses, das Ersetzen der Pfähle für den Steg, eine Krankheit, oder auch nur das Leben, das schnöde Leben mit Essen und Kleidern und Haareschneiden und Bahnfahren, und ahhh, das schöne Automobil ... das alles kostet, Tag für Tag. *Media vita in morte sumus;* mitten im Leben sind wir im Tod – zumindest im Bankrott –, und mir nichts, dir nichts ist die ganze Herrlichkeit vorbei, die Bude ausgeräumt, das Ruder- und das Segelboot auf dem Trockenen, der Fuhrmann vor der Tür, um das verbliebene Mobiliar in die neue, fraglos bescheidenere Bleibe zu bringen. Das Haus am See, das er nach einem magischen, manchmal sichtbaren, manchmal unsichtbaren Haus im *Golem* sein *Haus zur letzten Latern* nennt, ist ein begehrenswertes und begehrtes Objekt. Warum soll dort – in allerbester Lage – ein zugereister Schriftsteller wohnen?

Recherchenotiz

[Hans Reimann, 3. *Literazzia* (München, 1954), Artikel über Gustav Meyrink:]

Viele Dichter, Schriftsteller, Publizisten und anderweit Missliebige sind unterdrückt, gefoltert, verjagt worden. Aber sie ließen etwas zurück … eine Spur, einen Hauch, Gespräche unter vier Augen, öffentliche Anprangerung.
Den Dichter Gustav Meyrink haben sie ausgerottet mit Stumpf und Stiel, und sein [Haus] verschwand vom Erdboden.
Die heutige Generation weiß nichts mehr von ihm, obwohl seine Werke eine Auflage hatten wie die Schmöker Karl Mays.
Weit über Deutschland hinaus ward er ein Begriff. Für Edvard Grieg, Ibsen, Rodin, Zola und ähnlich Auserwählte. In Deutschland für eine dünne Schicht. Für Künstler, sitzengebliebene Primaner und andere Outsider.

Mühsam

Mühsam ist sein Name, mühsam ist sein Leben. Kaum einen kennt Meyrink, bei dem das Schicksal (oder die böse Vorsehung) es so vollkommen geschafft hat, eines Menschen Namen in desselben Menschen Leben einzuflechten. Als er das Café Luitpold betritt, sieht er sogleich, was ein zufälliger Besucher des Cafés für einen nachlässig über einen Stuhl geworfenen, womöglich zurückgelassenen Mantel halten könnte – den Mann selbst, der seinen Kopf auf den Zuruf Meyrinks aus dem Pelzkragen schiebt, der genauso grau und speckig glänzt wie Haar und Bart des Mannes.

»Mühsam!«, ruft Meyrink, nach der Stuhllehne greifend, »Sie sind wieder in München? – Ich habe eine Frage an Sie.«

»Was wollen Sie wissen?«, sagt Mühsam, »und warum wollen ausgerechnet Sie ausgerechnet von mir etwas wissen?«

So wie er aussieht, denkt Meyrink, hat Mühsam die Nacht hier verbracht: Nach der Sperrstunde hat man sich die Mühe erspart, den Stuhl mit dem zurückgelassenen Mantel auf den Tisch zu stellen, und drum herum ausgekehrt. Im Morgengrauen hat eine gute Seele dem Mühsam oder dem Mantel eine Tasse Kaffee vorgesetzt, aber sie ist längst kalt. Meyrink gibt der Serviererin ein Zeichen, einen frischen, dampfenden zu bringen.

Er weiß nicht genau, wen er um diese Zeit im Café Luitpold anzutreffen erhofft hat – einen von den Habitués vielleicht, Frank Wedekind, Kurt Martens, Heinrich Mann. Aber gut, dass es Mühsam ist. Der hat immer für Geld geschrieben, der muss wissen, wie das geht. Wie man die Gedanken an die verfluchten Silberlinge auf die Seite schiebt und einfach schreibt, als sei es die reine Kunst, die aus einem flösse, die unschuldige Lust am Schaffen, welche ohnehin kein Geld der Welt aufzuwiegen vermag. Wenn die Dinge nicht so lägen, wie sie nun einmal liegen, Meyrink hätte den Auftrag vielleicht sogar delegiert – warum nicht an Mühsam, als Zuarbeiter. Als Autor kann er natürlich nicht in Erscheinung treten.

»Hören Sie, Mühsam«, sagt Meyrink, »wenn ich Sie fragte: ›Wer ist schuld am Krieg?‹, was würden Sie sagen? Nicht nach langem Abwägen, sondern ganz aus dem Bauch heraus.«

»Die Juden«, sagt Mühsam, »wie immer, und an allem anderen auch.«

»Daraus kann ich keinen Roman machen«, sagt Meyrink, und, nach einer kleinen Pause: »Gesetzt den Fall, ich wollte das überhaupt.«

»Seien Sie mal nicht so anspruchsvoll, Kollege. Die Juden zetteln den Weltkrieg an – und Sie finden den Stoff zu schwach für einen Roman?«

»Nicht schon wieder die Juden«, sagt Meyrink. »Wo bliebe da das Neue, Überraschende? In unserem Metier sollte man schon ein wenig an die Leser denken. Also, nennen Sie mir andere Schurken, solche, die nicht jeder kennt.«

»Kaufen Sie mir ein Frühstück?«, fragt Mühsam. »Auf

nüchternen Magen fällt mir niemand ein, der für so eine Katastrophe verantwortlich sein möchte. Mit einer schönen weißen Semmel im Bauch, reichlich gebuttert und mit Marmelade dick bestrichen, bin ich besser ausgerüstet, dann will ich Ihnen die Übeltäter liefern, und, wer weiß, wenn Sie bis zum Mittag bleiben, nach einem Braten und zwei Knödeln, ist mein Einblick in die Angelegenheit von viel größerer Tiefenschärfe oder Schärfentiefe, was immer Sie bevorzugen. Wir haben uns ja länger nicht gesehen.«

Meyrink lässt heranschaffen wie gewünscht. Mühsam ist erst vor kurzem aus dem Gefängnis entlassen worden: Er hatte dem Vaterländischen Hilfsdienst seine Arbeitskraft verweigert. Weiß der Teufel, warum sie ihn überhaupt einziehen wollten. Verzweiflung oder Dummheit. Mehr zersetzendes Element, als er es ist, kann gar nicht sein.

Aber dieser Mühsam hat bisher noch jedem Mahlwerk widerstanden; nicht ohne Spuren, freilich. Mühsams Alter kann Meyrink nur raten. Seit zwei Monaten hatte er ihn nicht gesehen, und selbst in dieser kurzen Spanne hat er sich von alt auf älter verändert.

»Wissen Sie noch, Meyrink«, sagt Mühsam, »Anfang des ersten Kriegswinters trafen wir uns – war das hier?«

»Im Stefanie, meine ich«, sagt Meyrink, »beim Schachspiel.«

»Der Russe stand fünfzehn Kilometer vor Krakau, und Sie sagten –«

»– wenn Sie Krakau kennen würden, blieben Sie auch fünfzehn Kilometer davor stehen, ich weiß, ich weiß.«

»Sie haben sich immer herausgehalten, Meyrink.«

»Das ist kein Vorwurf, oder doch?«

»Niemals«, sagt Mühsam, »bin nie in Krakau gewesen, ich habe keine Ahnung, wie es da aussieht.«

»Ich auch nicht.«

»Manchmal wünschte ich, ich könnte in Watte baden, aber meine Wanne ist mit Disteln gefüllt, und anstatt der wärmenden Pelzmütze, nach der ich mich sehne, will man mir in meinen Träumen Dornenkronen aufsetzen.«

»Freund Mühsam«, sagt Meyrink, »Sie dramatisieren erbärmlich.«

»Mein Geschäft, seit ich das Pillendrehen hinter mir gelassen habe«, sagt der ehemalige Apothekergehilfe Mühsam. »Aber zurück zum Ausgangspunkt: Warum sind Sie hier? Wohl eine Auftragsarbeit, die Sie überraschend ereilt hat?«

Meyrink erklärt es ihm in allen Einzelheiten, zumindest, was er für mitteilbar hält. Mühsam studiert nebenher die Mittagskarte und kann sich nicht zwischen Tafelspitz, Kronfleisch und gebackener Milzwurst entscheiden.

»Meyrink, Sie sind ein Gesegneter, ein Gebenedeiter, ein Glücklicher«, sagt er schließlich. »Schreiben Sie doch, was Sie wollen. Machen Sie die Eskimos verantwortlich, die Schustergesellen, die Sozialdemokraten, aber wenn ich Ihnen – wie gewünscht und um mir mein Mittagessen verdient zu haben – mit einem guten Rat zur Seite stehen soll, dann beweisen Sie, dass es die Juden waren. Hält man Sie nicht auch für einen? Umso glaubwürdiger!«

Ja, denkt Meyrink, darin könnte seine besondere Qualifikation für diese Aufgabe von nationaler Bedeutung liegen: ein angeblicher Jude mit einer Reihe gutdokumentierter Ausfälle gegen das Deutschnationale, das Militär, das Establishment in allen seinen bürgerlichen Spielarten. Seit Meyer

& Morgenstern – das mit dem Kompagnon betriebene Bankhaus in Prag – umschwebt ihn der Verdacht, Jude zu sein.

Mühsam hat sich mittlerweile für den Tafelspitz entschieden, jedoch unter Bedenken: Wo sollte in diesen lausigen Zeiten gutes Fleisch herkommen? Er murmelt: »Da werden sie mir einen Lappen auf den Teller werfen, der wahrscheinlich schon im Dunkeln leuchtet, dazu einen Batzen Meerrettich, so scharf, dass die fortgeschrittene Verwesung nicht auffällt. – Meyrink, worin genau liegt Ihr Problem?«

»Sie haben es gerade beschrieben«, sagt Meyrink.

Der Tafelspitz wird serviert und sieht ganz passabel aus. Während des Essens ruht die Konversation, Mühsam beginnt zu schniefen und ins Taschentuch zu blasen, denn der Meerrettich ist in der Tat von höllischer Schärfe. Meyrink denkt an seinen Auftrag, verfängt sich wieder in Zweifel: Hat er dem Kollegen zu viel erzählt? Er muss ihn unbedingt zur Verschwiegenheit verpflichten – sonst wird man ihn in den Münchner Literatentränken andauernd mit lustig gemeinten, aber lästigen Anspielungen traktieren. Die Verachtung, die ihm nach der Publikation eines solchen Romans entgegenschlagen würde, will er sich gar nicht vorstellen. Allerdings – noch widerlicher dürfte das Lob all der Schulterklopfer ausfallen, die sich dann an ihn heranwanzen. »Vaterlandsaffen«, sagt er halblaut.

Mühsam, beim sorgfältigen Auftunken der Soße, hält kurz inne: »Vaterlandsaffen?«, sagt er, »wo habe ich das bei Ihnen gelesen? – Egal – ich habe einen Vorschlag.«

»Bitte sehr«, sagt Meyrink.

»Kommen Sie mit mir zu Eisner. Er spricht heute Mittag in den Kolosseums-Bierhallen. Wenn Sie Inspiration zur

Kriegsschuldfrage suchen – Eisner hat einen klaren Standpunkt.«

»Welchen?«, fragt Meyrink.

»Hören Sie selbst, Meyrink, das lohnt sich, obwohl er nur ein Sozialdemokrat ist.«

Kolosseum

Mühsam hatte ihn wirklich mitgeschleppt. Meyrink blieb lange störrisch; wollte nach Hause; das Ruderboot herausholen. Kurz vor dem Gefrieren ist das Wasser so besonders glatt und schnell.

»Ich halte mich heraus«, sagte Meyrink, »so gut ich kann. Das geht mich alles nichts an. Außerdem bin ich zu alt.«

»Kommen Sie mit, nur für die halbe Stunde, wenn Eisner spricht«, sagte Mühsam, »die anschließende Diskussion wollen Sie sich gerne ersparen, dann wird es kompliziert, das ist für Eingeweihte. Aber hören Sie ihn an.«

Meyrink trotzte weiter, obwohl Mühsam sich Mühe gab: »Eisner ist ein Schriftsteller wie Sie –«

»Aber ich«, unterbrach Meyrink, »im Gegensatz zu Eisner habe nie für die Zeitungen geschrieben, dafür reicht selbst meine Phantasie nicht.«

»Über die erbärmliche Vorstellung der deutschen Presse in diesen Jahren sind wir uns einig, Meyrink.«

Also war er mitgetrottet, in die Kolosseums-Bierhallen. Mühsam wollte vorne sitzen, wohl um schnell ans Podium zu kommen im Fall, dass eine Wortmeldung seinerseits erforderlich würde, aber Meyrink suchte sich einen Platz hinten, nahe am Saaleingang. Die Leute drehten sich nach ihm um, wie sie alle ansahen, die eintraten, aber an seinem Anblick blieben sie hängen. Meyrink trug den breitkrempigen grauen Filzhut, setzte ihn ab und entblößte einen kahlen runden Schädel. Er öffnete bloß den obersten und untersten Knopf seines eleganten, aber altmodischen zweireihigen Mantels, um etwas bequemer sitzen zu können; auch, um schneller wieder draußen zu sein, wenn ihm danach sein sollte. Eisner hatte schon begonnen:

»In Deutschland ist die Stellung der Dichter vielleicht am niedrigsten. Sie werden zu wenig ernst genommen. Wer ernst ist, wird Minister, Techniker oder Bankier, aber die Dichter sind ein Volk, das eigentlich ganz nett ist, aber Kulturbedeutung haben sie nicht; nur wenn sie lange tot sind, hält man ihnen eine Gedächtnisrede. Aber dass in Deutschland ein Dichter einmal Minister werden könnte, ist ausgeschlossen.«

Womit er nicht ganz unrecht hat, einerseits, dachte Meyrink, andererseits, Goethe: Der war eine Art Minister. Goethe konnte alles: dichten, Prosa, anzüglich, staatstragend, die kleine Form, das Unvergängliche, sowie ein Herzogtum am Laufen halten, und eine wilde Ehe. Aber wie soll man die heutigen Dichter ernst nehmen, wenn sie in Massen hinter den Fahnen herlaufen, Oden und Verse sabbernd, im vaterländischen Delirium? Nein: Das wahre Vaterland ist die Gemeinschaft anständiger Menschen. Eisner war auf jeden Fall ein anständiger Kerl. Vielleicht ein bisschen viel Feuilletonist, wie er so schief über dem Pult hing, seinen Bart kraulte und freundlich modulierend plauderte. Oder nein, eigentlich erzählte er eine Geschichte, dieser Eisner:

»Da bricht plötzlich die Weltkatastrophe des Krieges herein. Wie hat sie gewirkt? Fast alle deutschen Schriftsteller folgten der Mobilmachung auch geistig. Einige blieben stumm, ein Teil wurde Kriegsberichterstatter, die anderen machten Kriegsgedichte. Es ist niemals so viel gedichtet worden, wie im August 1914. Zeitungsredaktionen behaupten, dass sie täglich etwa tausend Gedichte bekommen haben. Man hätte annehmen müssen, dass ein Aufstand aller Intellektuellen gegen den Krieg hätte stattfinden müssen. Stattdessen fabrizierten sie kriegsbegeisterte Gedichte! Bisher hatten die Schriftsteller nichts gemein mit der großen Masse, und nun fühlten sie sich auf einmal hineingerissen in den großen Strudel.«

Die Guten verstummen, und die Idioten schäumen über, wie geschüttelte Bierflaschen. Bisher alles im üblichen Rahmen. Meyrink konsultierte die Taschenuhr: Den 44er nach Starnberg würde er nicht erreichen. Noch eine Stunde aushalten.

Eine Kellnerin fragte nach seinen Wünschen. Beim Tischnachbarn lautete dieselbe Frage: »Mogst no a Halbe?«

»Bringen Sie mir heißes Wasser im Glas«, sagte Meyrink. Als es kam, fischte er aus der Jackentasche ein Stoffbündel, daraus ein Gazesäckchen, welches er in dem Glas versenkte. Menas Teemischung. Möglicherweise ein zweiter Aufguss. Er kostete. Ganz sicher ein zweiter Aufguss.

Mühsam winkte: Komm nach vorne. Meyrink winkte: Komm du her.

Mühsam kam. Zwischen dem Tischnachbarn und Meyrink ließ er sich nieder; den Tischnachbarn besah er misstrauisch. Wenn es ihr gefiel oder als erforderlich erschien, konnte die Staatsmacht eine jede Zusammenkunft von Arbeitern und Bürgern als »öffentlich« deklarieren. Sie konnte dann, als Ohr und Auge des Staates, einen Polizeibeamten hineinsetzen, der die Befugnis hatte, die Versammlung aufzulösen und, wenn er sich denn angesichts der sicheren Übermacht getraut hätte, einen Redner festzunehmen. Am 27. Januar 1918 in den Kolosseums-Bierhallen, München-Isarvorstadt, hatte diese Funktion der Polizeiassistent Georg Rauh inne. Er trug die Uniform, ein anderer, in Zivil, protokollierte Eisners Rede einschließlich der Zwischenrufe. Demnach sagte Eisner:

Man wird mich trotz Überwachung nicht hindern können, das zu sagen, was ich für wichtig und richtig halte.
(Beifall.)

Ob dies allerdings der exakte Wortlaut Eisners war, kann bezweifelt werden, da sich der Protokollant gegenüber der Königlichen Polizei als ein Hilfsarbeiter mit dem Namen Lorenz Reithmeier auswies, der sicher kein geschulter Stenograph war. Wie auch immer, dem Sinne nach erklärte

Eisner: Die ganze Welt schaut voll Erwartungen auf die deutsche Arbeiterschaft. Die Berliner Arbeiter stehen in Massen auf.
(Lebhafter Beifall, Zurufe: Auch hier soll es kommen!)
Eisner: Es ist so weit! Das Proletariat hat nicht nur seinen Willen, sondern sogar seine Ehre zu verlieren.
(Zurufe: Wir haben genug!)
Eisner: Es handelt sich nicht um Fleisch und Brot, sondern um das Leben.
(Zuruf: Das ist ja sowieso nichts mehr wert!)

Der mit der Überwachung beauftragte Polizeiassistent Rauh griff ein, wollte Eisner das Wort nehmen.

(Niedersetzen! Pfui! Niedersetzen!)

Eisner: Ich erzähle das, was ist, nichts weiter, und es ist selbstverständlich, dass ich den Mut habe zu sagen, was Wahrheit ist. Wenn ich etwas sage, was irgendjemand nicht gefällt: Hier stehe ich.

(Lebhafter Beifall.)

Eisner: Es ist die Stunde gekommen, in der das deutsche Volk über sich selbst bestimmen muss. Wir haben nicht die Zeit, unseren Willen bloß kundzutun. Wir müssen ihn durchsetzen. Und das Mittel zum Zweck ist ein in den nächsten Tagen ausbrechender Massenstreik.

(Lebhafter Beifall.)

Polizeiassistent Rauh griff wiederum ein. Er könne es nicht dulden, dass in einer öffentlichen Veranstaltung für einen Generalstreik Propaganda gemacht werde. Noch ein Mal, und er werde die Versammlung polizeilich auflösen.

(Zurufe: Weiterreden! Ruhe! Ausreden! Wir wollen die Wahrheit hören!)

Eisner: Wir hier in der Heimat arbeiten genauso für das Vaterland wie die draußen an der Front. Aber wie die Hunde kuschen, das wollen wir nicht. Für alle Macht gibt es eine Grenze!

(Beifall. Zuruf: Jetzt haben wir genug zugewartet!)

Eisner (schwenkt ein Flugblatt): Weg mit der Zensur! Weg mit allen Beschränkungen der Versammlungsfreiheit!

Freilassung der politischen Inhaftierten! Nieder mit dem Krieg! Nieder mit der Regierung!

Polizeiassistent Rauh, obwohl befugt und verpflichtet, griff nicht ein; er saß nunmehr eingezwängt zwischen zwei Schlachtergesellen, die nach Ende ihrer Schicht vom Schlachthof in der Zenettistraße herübergekommen waren. Sie trugen noch die Kluft ihres blutigen Handwerks, ihre Pranken ruhten auf den Schultern des Polizeiassistenten Rauh.

Eisner: Wir fordern einen Allgemeinfrieden unter allen kriegführenden Parteien. Wir sind bereit, die Regierung zu übernehmen. Die Zeit der militärischen Diktatur ist abgelaufen.
(Lebhafter, anhaltender Beifall.)
Eisner: Ein Wort zum Schluss: Hier in Bayern ist man seit jeher weitherziger und offener gewesen als in Preußen. Die Menschen hier sind viel freiheitlicher gesinnt. Auch ich, ein Preuße, bin dessentwegen vom Norden nach dem Süden gekommen. Nicht im Geringsten liegt mir dran, eine Trennung zwischen Nord und Süd anzuzetteln. Aber den preußischen Zopf und Militarismus, den will ich aus der Welt schaffen!
(Ein sehr lebhafter und lang anhaltender Beifall löste sich aus.)

»Na, du bist mir ein abgefeimter Schmeichler, hören Sie, wie er ihnen den Brei ums Maul schmiert?«, sagte Meyrink, »und jetzt, Mühsam, soll ich noch zur Revolution bleiben, oder darf ich das glücklich vollendete Faktum den Morgenzeitungen entnehmen?«

Mühsam, aufs Höchste animiert von den Reden, die er gehört hatte, wollte ihn noch in die Torggelstuben schleppen; für Meyrink war es jedoch genug an Revolution für einen Tag. Er kaufte sich eine Fahrkarte für die erste Klasse, die er sich eigentlich nicht leisten konnte, noch weniger jedoch konnte er es sich leisten, Holzklasse zu fahren; warum auch – er brauchte dem Volk nicht aufs Maul zu schauen, da gab es für ihn nichts zu lernen. Das mochte für die zugereisten Münchner Kaffeehaus-Revolutionäre interessant sein, die da allesamt als Schriftsteller firmierten, wenn sie etwas Offizielles unterschreiben mussten – Eisner, Mühsam, Toller, Landauer –, aber nicht für ihn. Gegenwärtig war er nicht einmal sicher, ob er überhaupt noch als »Schriftsteller« durchginge.

Egoist

So sitzt er ziemlich alleine im Waggon. Die braven Bürger Starnbergs und der südlichen Vorstädte Münchens waren längst heimgekehrt in ihre Stuben oder hatten diese erst gar nicht verlassen. Eh besser. Warum hinaus in die Welt, wenn diese einen doch ohne eigenes Zutun ständig heimsucht? Die durch die Ritzen dringt wie die Zugluft in Meyrinks Heim – welches ein schönes ist, aber eben doch eine Bretterbude im »Heimatstil«. Noch vor dem Einzug hat er das Hirschgeweih über der Haustür entfernen lassen. Alle Tage unter einem toten Tier das Haus betreten oder verlassen zu müssen war sicherlich schlecht für das Karma.

Die Welt tritt dennoch ein, sie benutzt geschwätzige Lieferanten, sie ist der Kaminkehrer, der durch den Schornstein raunt, sie kleidet sich als Zeitung oder als Magazin, sie tut – angeblich – Wahrheit kund aus Kindermund, wenn die Kinder von der Schule kommen, sie steckt im beiläufigen Geplauder der Clubkameraden, wenn sie die Boote aus dem Wasser heben und abtrocknen. Hätte Meyrink stets die Hände frei, er würde sie sich auf die Ohren pressen.

Nur wenn er über den See fliegt, beide Hände fest um die Skulls, mit dem Rücken zum Ziel, gelingt es ihm, die lästige Welt auf Abstand zu halten. Der Lärm verstummt. Bis auf ein gelegentliches Tuten der Ausflugsdampfer und die sirrenden Schwingen der Vögel, die ihn manchmal ein Stück weit begleiten, ist da nichts. Das Eintauchen der Ruderblätter hat ebenso geräuschlos vonstattenzugehen wie das Herausheben.

Zu sehen, wie am Ufer alles kleiner und kleiner wird, ist ihm Vergnügen und Erleichterung in einem. Und zurückrudernd, zu seinem privaten Steg, hat er, bei klarem Wetter, nur die Bergkette des südlichen Horizonts im Blick: unbeweglich, unverrückbar. Weder schrumpft sie, wenn er sich entfernt, noch wächst sie, wenn er auf sie zurudert, auch wenn er dabei fast das Ende des Sees erreicht, wo er das Boot in einem großen Halbkreis wendet.

So nähert er sich dann der kleinen Starnberger Welt, als gäbe es sie nicht, genauso wenig die Münchner Welt, überhaupt das ganze Deutsche Reich, dieses elende Europa, wo sie einander an den Kehlen hängen, um Blut zu saufen. Das alles geht Meyrink nichts an. Zur Politik hat er nichts zu sagen, außer:

Ich bin ein Mitglied der U. E. P.

Sie wäre allerdings noch zu gründen, die Unabhängige Egoisten-Partei. Täte es jemand, er hätte die Mitgliedsnummer 2 – falls eine Egoistenpartei mehr als ein Mitglied haben kann: Vielstimmigkeit scheint doch das Prinzip zu verwässern. Insofern müsste er die Frage nach seiner politischen Richtung wie folgt beantworten: Keine.

Er würde lieber ganz offen zugeben, dass er ein verkommener Mensch sei, einer, der kein Interesse an den Dingen hat, die eine Nation mit Stolz erfüllen – den alle erbeuteten Kanonen langweilen, der vor den Ikonen des Patriotismus den Hut nicht ziehen will.

Eisners Greinen heute Nachmittag war ihm ein wenig zuwider gewesen. Nicht wegen dessen Grundhaltung, nicht, was die Revolution betraf: Die mochte kommen oder nicht; sie würde ihn genauso wenig nass machen wie die Wellen vor seinem Haus. Dass irgendjemand auf die Schriftsteller hört, wie konnte Eisner das im Ernst erwarten, wie konnte er es beklagen, dass man sie – Leute wie Meyrink – nicht ernst nahm? Hieße das für den Schriftsteller nicht in allererster Linie, die Freiheit des Narren aufzugeben? Kann er das wollen?

Sei Politiker, oder sei Schriftsteller. Oder sei Goethe, wenn du kannst. Dafür reicht es bei den allerwenigsten. Vor ein paar Jahren noch hätte Eisner mit seinem Vortrag Meyrink zu einer Geschichte für den *Simplicissimus* angeregt. Jedoch hat sich dort die frühere frivole Heiterkeit in eine allgemeine Heiserkeit infolge allzu vielen Hurra-Gebrülls verwandelt. Schade, denn der Verleger Langen hat immer ordentlich gezahlt. Nur fällt Meyrink leider im Hurra-Fach nichts ein. Da bleibt das Blatt leer. Gäbe man ihm eine Fahne in die Hand – er schwenkte sie nicht, täte ihr womöglich Dinge an, die ihn ins Gefängnis brächten. Patriotismus ist ihm ein Fremdwort, Vaterland sagt ihm nichts; nicht einmal in seiner Muttersprache. (Die Sprache seiner Mutter im Übrigen war die der Bühne, welche er verabscheut.)

Ihm fällt auch nicht ein, woher die Schriftsteller eine besondere Eignung zur Einmischung in das politische Tagesgeschäft nehmen sollen. Weil sie schlauer sind als alle anderen? Gebildeter? Von überlegener Moral? Im Besitz hellseherischer Kräfte? Besser mit den Worten umgehen können? Dann, denkt Meyrink, lasst euch hiermit sagen, dass zwischen Reden und Schreiben ein himmelweiter Unterschied ist. Und zwischen Schreiben und Schreiben erst recht. Und zuletzt zwischen Schreiben und Schweigen, obwohl ihn schon viele Bücher angeschwiegen haben: Man sieht die Glocken eifrig schwingen, aber man hat ihnen die Klöppel genommen.

Dennoch: Er rührt ihn an, dieser Eisner. Was dem vorschwebt, das wird ihn noch vernichten. Um das vorherzusagen, bedarf es keiner hellseherischen Fähigkeiten. Eisner ist wie ein Einsiedlerkrebs: Nach vorne hinaus fuchtelt er mit seinem Zangenbesteck, durchaus beeindruckend, aber seinen weichen verletzlichen Leib muss er in das Gehäuse eines irgendwo aufgelesenen Schneckenhauses zwängen. Jedes Mal, wenn er dieser Wohn- und Wirkungsstätte entwächst, muss er in eine neue wechseln.

Und dabei, fürchtet Meyrink, werden sie ihn irgendwann kriegen. Denn zu einer Revolution – sofern sie nicht mit einer Erhöhung der Bierpreise zu tun hat – ruft in Bayern keiner ungestraft auf. Genauso wenig es erlaubt ist, die Gemütlichkeit zu stören und die Menschen mit neuartigen Kunstformen zu erregen. Deswegen werden sie hier einen wie den Mühsam niemals hochkommen lassen; da kann er sich recken und strecken, wie er will.

Bei Eisner ist Meyrink nicht ganz so sicher. Er hat etwas Solides an sich. Für die Hiesigen mag er ein Preuße sein, gar ein *Saupreiß*. Aber er ist ein Preuße, der Witze in seine Reden streut, und einer, der es sich erlaubt, die eine oder andere Schmeichelei anzubringen. Das hört der Bayer gerne, obwohl er es zur Auspolsterung seines überlegenen Lebensgefühls gar nicht nötig hat. So einen wie den Eisner kann man sich einmal anhören. Und Eisner ist keiner der Schwabinger Brauseköpfe, er wohnt, wie Mühsam Meyrink erzählt hat, draußen in der gutbürgerlichen Villenkolonie Großhadern, mit seiner viel jüngeren, jedoch biederen Gemahlin Else, die ihn heute nach der Rede am Arm untergehakt und aus dem jubelnden Saal herausgeführt hat. Und Eisner hing an ihrem Arm wie ein derangierter Regenschirm. Da kamen ihm dann doch Zweifel: Wie soll dieser Mann die Revolution bringen, von der Mühsam und Compagnie phantasieren? Meyrink vermag es sich nicht vorzustellen; je weiter er sich von der Stadt entfernt, desto weniger.

Mena

Die beiden sitzen am Küchentisch, morgens, kurz nachdem die Kinder zur Schule gegangen sind. Mena – Philomena – Meyrink verräumt die Reste des Frühstücks bis auf die Teetasse, an der Meyrink seine Hände wärmt. Eben hat er Mena von dem Angebot des Einarmigen erzählt, dem Brief, den dieser überbracht hat. Und dass er in den nächsten Tagen eine Reise nach Berlin plant.

»Lies mir den Brief einmal vor«, sagt Mena.

»Na gut«, sagt Meyrink, »es schreibt mir hier also:

Auswärtiges Amt
Nachrichten-Abteilung
Berlin NW 7
Unter den Linden 77

Herrn Gustav M e y r i n k
Starnberg in Oberbayern

Sehr verehrter Herr Meyrink!
Nach reiflicher Überlegung und allseitigen Konsultationen treten wir an Sie heran mit einem Anliegen, das Ihnen verwunderlich erscheinen mag, wiewohl es Ihnen in größter Ernsthaftigkeit unterbreitet wird. Das

Auswärtige Amt der Reichsregierung hat die Absicht, Ihnen die Ausarbeitung eines Romans anzutragen, welcher dem Zweck dienen soll, einer größeren Öffentlichkeit über die Ursachen des Kriegsausbruches 1914 die Augen zu öffnen, indem er die Drahtzieher aus dem trüben Dunkel ihrer Hinterzimmer herausscheucht und ins grelle Rampenlicht stellt.
In der Tat ist daran gedacht, Ihr Werk im Erfolgsfalle nicht nur im deutschen Sprachraum, sondern – in Übersetzungen auf unsere Kosten – europaweit zu verbreiten.
Sie als sicherlich aufmerksamer Beobachter des Tagesgeschehens sowohl im Reiche als auch an den Kriegsschauplätzen werden verstehen, dass unser Anliegen eine gewisse terminliche Dringlichkeit hat. Des Weiteren müssen Sie wissen, dass Ihre künstlerische Freiheit im Rahmen dieser Auftragsarbeit Zielsetzungen unterliegen wird, welche das Auswärtige Amt vorgibt. Wir verstehen unsererseits, dass diese Bedingungen für einen Schriftsteller durchaus eine Zumutung darstellen. Die großzügige Honorierung Ihrer Arbeit und die Aussicht auf eine weite Verbreitung des Romans werden, wie wir hoffen, Sie jedoch geneigt machen, unser Angebot wohlwollend zu prüfen. Falls Sie sich entschließen sollten, diesem näherzutreten, möchten wir Sie gerne zu einer Unterredung nach Berlin einladen. Bitte teilen Sie uns telegraphisch Ihre jederzeitige Ankunft mit, damit wir das Nähere veranlassen können.

Mit verbindlichen Grüßen

gezeichnet – Hohn, Huhn, Hahn? – wenn ich das recht entziffere.

Und immerhin bezahlen sie eine Fahrkarte erster Klasse«, sagt Meyrink, »das steht im Postskriptum.«

Danach ist es eine Weile still am Küchentisch.

Bis Mena sagt: »Wie kannst du das bloß in Erwägung ziehen, Gustl? Das wird dich als Schriftsteller vernichten.«

Meyrink dreht die Tasse in seinen Händen. »All unser Geld steckt in diesem Haus. Ich habe drei Romane in zwei Jahren geschrieben. Ich habe keine Ideen mehr. Jedenfalls keine, die reif genug wären, um sie zu pflücken.«

»Was redest du. Warte ein wenig, alles wird gut.«

»Meine *Gesammelten Werke* sind bereits erschienen. Ich bin fünfzig. Es kommt nichts mehr, und niemand erwartet etwas von mir. Man hat meine Bücher ins Regal gestellt, um sie nie wieder anzufassen.«

»Dein Verleger hat nur das Vernünftige getan und gedacht: Geh in die Sonne, solange sie hoch am Himmel steht.«

»Mag ja sein, nur jetzt werden die Schatten länger und länger«, sagt Meyrink.

»Schön, schaffen wir fürs Erste das Automobil ab.«

»Nicht das Automobil! Das Fahren bereitet mir Freude. Außerdem habe ich einen Ruf zu verteidigen: Wer war der erste Automobilist in Österreich-Ungarn? Ich. Weißt du noch, wie wir zusammen auf dem Benz-Patent-Motorwagen durch Prag kutschiert sind?«

Mena sagt: »Damals waren wir heimlich verlobt. Nie und nimmer wäre ich mit dir für alle sichtbar über den Wenzelsplatz gegondelt.«

»Nicht? Ich habe schöne Erinnerungen daran, also muss es wahr sein.«

»Nun denn, die Segeljolle«, sagt Mena.

»Nicht das Segelboot! Was wird dann aus meiner Kapitänsmütze?«

»Das Gleiche wie mit der Herrenfahrerkappe. Du kannst doch auch für die bunten Blätter schreiben. Die Zeitschriften, die Illustrierten, Almanache, Vorworte.«

Meyrink dreht und dreht die Teetasse. »Das wirft nur Brosamen ab, das reicht nicht, das weißt du. Dort gibt es höchstens noch ein Fünftel dessen, was sie früher zahlten. Selbst der noble *Simplicissimus* zahlt nur noch die halben Schriftstellerhonorare – bloß fünf Beiträge in fast vier Kriegsjahren haben sie mir abgenommen! Grad dass ich nicht darum betteln musste. Nein, nein, der Roman ist das Schlachtschiff der Literatur. Alles andere ist höchstens ein Torpedoboot. Außerdem habe ich bei den Zeitschriften keine Konjunktur mehr, erst recht, seit die Fichte-Gesellschaft gegen mich gehetzt hat.«

»Das wird man vergessen haben, wenn der Krieg erst vorbei ist. Lange kann das wohl nicht mehr dauern, es gehen ja alle auf dem Zahnfleisch.«

»Weißt du noch, wie sie im Sommer vierzehn ausgerückt sind: *Zu Weihnachten sind wir wieder da*?«

»Ach Gustl, wie soll ich dich aufheitern? Soll ich sagen: Sie meinten Weihnachten 1920?«

Meyrink lacht. »Versuch es nur. Möglicherweise kamen sie auf mich, weil ich schnell bin, und weil die Zeit drängt. Wer weiß, wann die Fronten zusammenbrechen. Eher früher als später, fürchte ich.«

»Ich kenne meinen Gustl schon lange, und der Gustl ist der Gustl so richtig nur, wenn der Gustl schreibt.«

»Wie furchtbar das klingt. In Wahrheit ist es das, was ich am wenigsten schlecht beherrsche.«

Mena überlegt und sagt: »Besser hört es sich so an: Weil du nichts besser kannst als schreiben. Als Bankier – du weißt es selbst.«

»Siehst du. Eben deswegen will ich deinen Segen für diesen Roman. Ich werde sie in Grund und Boden schreiben. Am Ende werden sie denken, sie hätten selber Schuld an der Katastrophe. Sie werden wie die Lemminge über die Klippe rasen. Was für eine Wohltat für die Menschheit, und ich werde der Wohltäter sein.«

»Damit schreibst du dich selbst in Grund und Boden, fürchte ich, Gustl, und Geld wird es auch nicht geben.«

»Ich sollte an meine Leser denken, nicht? Ich würde ja gerne an die Treue der Leser glauben. Aber meine Leser sind nicht wie Hunde, sie sind Katzen. Die streunen; mal räkeln sie sich auf des einen Sofa, mal vor dem Kamin des anderen. Einmal gegen den Strich berührt – weg sind sie. Einmal ungewohntes Futter aufgetischt – weg sind sie. Dann jammert der Verleger: Schreib das Alte noch mal, nur irgendwie anders, hol sie zurück, geh raus, mach miez-miez-miez …«

Mena sagt: »Das ist doch ein riesiger Unsinn, Gustl, denk dran, wie du selbst tust, als Leser.«

»Dann vielleicht unter Pseudonym?«

»Gustl, verstehst du es noch immer nicht? Sie haben dich wegen deines Namens erwählt. Du sollst der Kronzeuge sein. Weniger das, was gesagt wird, ist wichtig, sondern, wer es sagt.«

Meyrink lässt den letzten Tropfen aus der Teetasse auf den Tisch fallen. »Wieso dann ich?«

»Weiß ich's? Vielleicht, weil du alles bist, was sie nicht sind.«

»Niemand wird mir glauben. Oder doch – nach allem, was ich bereits serviert habe.«

»Einem anderen wird man es auch nicht glauben. Aber wer, glaubst du, sollen diese ›Drahtzieher‹ sein, die man sich im Amt einbildet?«

»Ich habe keine Ahnung. Stahlbarone, amerikanische Ölmagnaten, zaristische Verschwörer, Bolschewiki, die Freimaurer, Sozialdemokraten?«

»Warum nicht die Friseure?«

»Die waren es! – Also?«

»Tu es nicht. Aber fahr meinetwegen nach Berlin.«

»Ich tue es. Des Geldes wegen. Gegen die Friseure habe ich nichts.«

»Aber die Friseure könnten etwas gegen dich haben, seit du deinen Schädel rasierst. Im Übrigen: Tu, was du willst.«

Meyrink bleibt am Tisch zurück, Mena geht ihrer Wege. Inzwischen wärmen seine Hände den erkalteten Tee. Stimmt es, dass ich nie mit ihr im kleinen Benz, dieser ratternden Schachtel, durch Prag gefahren bin?, denkt er. Schade, falls nicht. Das glänzende Paar in dieser höchst aufregenden Erfindung, was wäre das für eine Werbe-Campagne gewesen. Gustav Meyer, der stadtbekannte Bankier, Okkultist und Rennruderer, an der Lenkkurbel den viele Pferde starken Wagen bändigend – neben sich, in aufreizender Ruhe und gänzlich unbesorgt trotz des haarsträubenden Tempos, die schöne junge Dame. Nein, Mena hatte vermutlich recht, so hatte das nicht stattgefunden. Tatsächlich waren sie heimlich verlobt gewesen.

Und das wegen Hedwig, Gustav Meyers angetrauter Ehefrau; unter den Rätseln, die sich beim Blick in seine höchst eigene Vergangenheit auftun, das größte: eine Fesselung, aus der er sich nicht selbst hatte befreien können. Und lange hatte es gedauert, bis die Büchsenmachermeisterstochter Hedwig ihn freigab; er musste ihr dazu eine Anstellung als Wirtschafterin bei einem Kaufmann besorgen – so blieb ihr wenigstens das gewohnte großzügige Ambiente (wenn auch nicht als Dame des Hauses). Zwölf Jahre finanzieller Miseren, Ehrenhändel, Gerichtsverfahren inklusive Untersuchungshaft, öffentlicher Erniedrigungen, schwerer Krankheit hielt sie mit Gustav Meyer durch, hielt sich fest am schönen Schein des Lebens in der Beletage, begleitete alle seine Wandlungen – freilich aus stetig größerer Distanz –, doch erst als sich die Wandlung vom Meyer zum Meyrink, zum Schriftsteller, vollzog, da willigte sie endlich in die Scheidung ein.

Als hätte ich damit den tiefsten Punkt erreicht – so muss Hedwig das gesehen haben, denkt Meyrink, die Tasse kalten Tees drehend. Was soll's. Die heimliche Verlobte hat mich als das genommen, was ich war – was im Begriff zu werden ich war, und sie ist noch immer bei mir, und sie wird es bleiben; auch wenn ich die Feder in das Tintenfass tauche, das das Auswärtige Amt mir füllt. Selbst wenn sie denkt, dass da nicht nur die Feder, sondern auch der ganze Mann in dicke schwarze Tinte wird eingetunkt werden.

Werde ich das? – Meyrink ist auf einmal wieder voller Zweifel.

Recherchenotiz

[Aus Kurt Eisners *Gefängnistagebuch*, erste Tage im Gerichtsgefängnis Neudeck, Februar 1918; er wurde wegen »versuchten Landesverrats« nach den Januarstreiks verhaftet.]

[Besuch von Else Eisner] *Gegen Mittag sah ich das Elslein wieder. Es war anfangs erregt und beinahe überwältigt. Ich streichelte es ein wenig, und sofort war es ruhig. Seitdem ist es gefasst und tapfer und stolz geblieben, wie es sich gebührt. Wir gehören doch zueinander – unlöslich.*
Das ganze Haus riecht [...] *nach Angstschweiß, Elendsdunst* [...] *Es herrscht noch das anmutige »Kübel«-System. Nur ein paar Zellen haben Klosett mit Wasserspülung. Freilich an den Wänden und Decken dieses Hauses scheinen all die Qualträume zu hängen der Tausenden, die sich hier ängstigten. Und nachts werden sie lebendig und fallen auf den Schläfer herab – wie ekel saugendes Ungeziefer.* [...] *Lieber in der Gemeinschaft von Zuchthäuslern, als gemeinsame Sache mit den Gebietenden Deutschlands! Auf sie werden einst nicht die Träume der anderen herabfallen, sie stürzen grausam in ihre eigene Schuld ...*

[Anstalt Neudeck (Stadtbezirk Au, am Auer Mühlbach):

Nach dem 2. Weltkrieg Jugend-/Frauengefängnis. 2009 aufgelöst, 2010 vom Freistaat Bayern an Investoren statt an eine mitbietende gemeinnützige Einrichtung verkauft, nach Umbau / Sanierung jetzt Luxuswohnungen (Prospekt: »Das besondere Objekt für Anspruchsvolle«)]

[*Gefängnistagebuch*, 19. Februar 1918; Eisners Haftbeschwerde wurde vom Reichsgericht verworfen]
Ich sehe, dass man in der Presse in den letzten Zeiten ergiebig auf mich geschimpft hat – auf mich, den Wehrlosen. [...] Das deutsche Pressgesindel weiß nicht einmal, wie verworfen und stupid es ist. Sie respektieren nur eines: den Verleger, der sie kündigen kann. Ich wäre verzweifelt, wenn die armselige Horde mich loben würde ... Ich werde die Freiheit erleben!

Recherchenotiz

[*Meyrinkiana*, Bayerische Staatsbibliothek München, Handschriftenabteilung;
Telegramm vom Auswärtigen Amt, Nachrichtenabteilung, Berlin. Vorderseite, Text der Nachricht (Zusammenfassung): Es wird um die schleunige Rückgabe überlassener Dokumente ersucht; Rückseite, linke obere Ecke, handschriftlich vermerkt (von Meyrink?):]
Freimaurerroman.
(Ermordung des Erzherzogs Ferdinand)
Schreiben. Tödlich. Ablehnung.
(Wichtl) verschwunden
(Auch Rasputin abgelehnt)

[Sowie drei weitere Telegramme/Briefe vom Auswärtigen Amt, Berlin, »Militärische Stelle« und »Nachrichtenabteilung«, jeweils an: »Gustav Meyrink, Starnberg«. Gegenstand der Korrespondenz ist offensichtlich eine geplante Publikation, deren Autor Meyrink ist. Meyrinks Korrespondent in Berlin ist ein gewisser Hahn, der die Stücke zeichnet.

– Wer ist Hahn? Und wer ist Wichtl?]

Anfang

Berlin

Am Münchner Hauptbahnhof tauscht er den Gutschein des Auswärtigen Amtes gegen einen Fahrschein nach Berlin ein. Der Besuch dort war auf den nächsten Tag um die Mittagszeit verabredet worden. Nachdem klar war, dass die Reise annähernd sechzehn Stunden dauern würde (immerhin im durchgehenden Kurswagen) und er erst nach Mitternacht in Berlin eintreffen würde, hatte Meyrink in Berlin – auf Kosten des Auswärtigen Amts – ein Hotelzimmer reserviert. Damit blieben ihm noch ein paar Stunden Schlaf, um sich von den Anstrengungen der Bahnreise zu erholen. Er versorgt sich mit Zeitungen und besteigt ein Abteil erster Klasse, wo er am Fenster einen Platz findet. In der Aktentasche hat er das kurz zuvor bei C. F. Zelle gekaufte Notizbuch mit linierten Seiten verstaut; für allfällige Einfälle oder Direktiven der Auftraggeber. Noch während der Zug am Bahnsteig wartet, holt er es heraus, blättert ein paar Seiten hinein und schreibt mit dem Bleistift:

– nichts. Der Roman hat ja noch nicht einmal einen Arbeitstitel. »AA-Roman« kommt nicht in Frage, und etwas Besseres fällt ihm im Moment nicht ein. *Friseur-Roman* vielleicht? Er spricht es ein paarmal aus; ob es womöglich eine Wirkung entfalte, ob es womöglich gar zum vorläufigen frivolen Titel des frivolen Werks tauge – eher nicht. Stattdessen zeichnet er eine flach auslaufende Wellenlinie aufs Papier, als Platzhalter eines noch nicht gefundenen Titels. Er betrachtet diesen müde verendenden Strich und überlegt, ob darin eine Botschaft, ein Zeichen stecken könnte, packt schließlich das Büchlein weg. Immerhin: Ein Anfang ist gemacht, mag er auch dürftig sein.

Ab Augsburg teilt er das Abteil mit vier Uniformierten, mittlere Dienstgrade, soweit er das beurteilen kann. Junge, alte Männer, auf dem Weg zurück ins Feld, in ihre schlammigen Gräben. Man stellt sich kurz vor, dann schweigt man. Meyrink kann ihnen ansehen, wie sie sich anfangs an jedem Gegenstand, den sie durchs Fenster erhaschen, festkrallen. Später stieren sie nur noch stumpf vor sich hin und öffnen Bücher, in denen sie blättern, aber nicht lesen.

In Nürnberg steht der Zug eine Weile. Auf dem Nebengleis zieht eine endlose Reihe von Waggons vorbei, beladen mit Kanonen. Um die Mündungsöffnungen ist geöltes Segeltuch gewickelt. Wie bissige Hunde, die einen Maulkorb tragen, denkt Meyrink, aber wehe, wenn sie losgelassen. Das Land ist im Krieg. In Starnberg, im Haus am See, ist das kaum zu spüren. Manchmal brummt ein Flieger über den See, aber jeder weiß, dass es kein Feind ist, sondern einer der Unseren auf Übungs- oder Erprobungsflug. Beim Einkaufen merkt man es natürlich schon. Was es gibt – ohnehin nicht viel –, das gibt es auf Scheine und Zuteilungskarten, aber darum kümmert sich Mena. Es hat luxuriösere Zeiten in seinem Leben gegeben, da kam Exquisites auf den Tisch und ins Glas, seine Anzüge waren aus teuren Stoffen geschneidert, aber darauf kann er, wie auf vieles andere, inzwischen verzichten. All das Materielle – was bedeutet es einem Yogi? Das Automobil, ja, doch er hat bereits begonnen, sich zu verabschieden. Letztlich geht es nur um den Erhalt der Freiheit. Der Freiheit zu tun, was zu tun ist.

Die vier Offiziere verlassen das Abteil in Nürnberg. Was wünscht man diesen Männern? Viel Glück? Hals- und Beinbruch? »Gute Weiterreise«, sagt Meyrink, »und glückliche Heimkehr.« Nur einer dreht sich auf dem Bahnsteig noch einmal um und winkt ihm verhalten zu. Es wimmelt hier von Soldaten, binnen Sekunden lösen sich die vier im feldgrauen Einerlei auf, als hätte ein Nebel sie verschluckt. Fünf neue Passagiere steigen ein, einer ist Zivilist. Die Uniformen der Soldaten sind ramponiert, sie fahren nach Hause, auf Zeit. Sehen fast bedrückter aus als jene, die zur Front unterwegs sind, denkt Meyrink. Wenn ich diese Männer nun fragte, wer – nach ihrer Meinung – schuld an diesem Krieg ist, was würden sie sagen? Aber was weiß der Nagel schon über den Hammer, der ihn ins Holz treibt? Wer den Hammer führt und auf wessen Geheiß?

Es ist längst dunkel, der Zug hat Aufenthalt in – Meyrink kann das Stationsschild nicht erkennen, es wird von einem Güterwagen auf einem benachbarten Gleis verdeckt. Ein hoher Offizier nimmt Platz schräg gegenüber dem seinen. Die letzten drei Stunden hat er mehr oder weniger verdöst, Passagiere kamen und gingen, und die neuen waren kaum von den vorherigen zu unterscheiden, Effekt der Uniform. Jene des soeben Zugestiegenen sieht aus, als käme sie gerade vom Schneider, und die Orden und Auszeichnungen, die daran hängen, aus den Händen des Offiziersburschen, der einen halben Tag mit Polieren verbracht haben muss. Bevor der Mann eingestiegen ist, hat er einen kleinen Gefreiten, der ebenfalls zuzusteigen versuchte, in Richtung der heillos überfüllten dritten Wagenklasse geschickt. Was wohl der Grund ist für die Bemerkung: »Wär ja noch schöner«, die er fallenlässt, während er sich selbst ins Polster fallen lässt. Meyrink sieht sich nicht veranlasst, dies aufzugreifen, obwohl es sichtlich eine Einladung zum Gespräch ist. Warum dem kleinen Gefreiten nicht einmal den Komfort der ersten Klasse gönnen? Der Herr vis-à-vis residiert sicher in einem hübschen requirierten Wasserschlösschen weit hinter der vordersten Linie. Der kleine Gefreite steht bis zum Bauch in Eiswasser, um den Feind a) vom Wasserschlösschen und b) von der deutschen Reichsgrenze fernzuhalten, wenn es sein muss. Und es muss ja sein.

»Berlin?«, fragt der Offizier. Meyrink nickt.

»Ebenso«, sagt der Offizier.

»Von dort?«, fragt der Offizier.

»Von München, Dienstreise«, sagt Meyrink.

Oh, wie er diesen Tonfall hasst. Eine Stimme wie ein Sägeblatt. Diese borniertenKerle, deren Haltung nicht von Rückgrat, sondern bestenfalls von einem gestärkten Uniformhemd herrührt.

»So«, sagt der Offizier und: »Sie sind tätig als? Man will ja wissen, mit wem man's zu tun hat, nicht, in der Enge des Abteils.«

»Schriftsteller«, sagt Meyrink, »und Sie, wenn's erlaubt ist?«

Der Offizier fällt zusammen wie ein angestochenes Soufflé, kurzzeitig zumindest. Er schnauft, er pumpt, und als er genügend Druck aufgebaut hat, sagt er:

»Verteidigung des heiligen Vaterlandes, was glauben Sie denn, warum ich das Uniformkleid der ruhmreichen preußischen Armee trage?«

Meyrink steht auf und sieht aus dem Fenster, sagt etwas.

»Was murmeln Sie da?«, sagt der Offizier.

Wenn er es ihm sagte – man hätte keine angenehme Weiterreise. Nur ein kleines Selbstzitat, aus einer Erzählung, die er für den *Simplicissimus* geschrieben hat, ... *wenn wir nur jede Intelligenzäußerung scharf unterdrücken, so werden wir für Offiziere gehalten* ... Er sagt also, ganz ruhig:

»Somit sind Sie in derselben Branche wie der Gefreite, dem Sie soeben den Zutritt zu diesem Abteil verwehrt haben? In dem noch – lassen Sie mich nachzählen – eins, zwei, drei, vier Plätze frei sind?«

»Das steht ihm nicht zu. Mannschaften reisen Dritter.«

»Wie diese dort?«

Der Offizier wirft unwillig einen Blick durch das Fenster. Der Zug am Nebengleis ist gerade angefahren, auf den Seiten der Waggons sind große Rotkreuz-Zeichen aufgemalt. Durch halbgeöffnete Schiebetüren erkennt man Stockbetten, drei Etagen hoch, in denen Menschen liegen.

»Ja Herrgott, so wie diese«, schnaubt der Offizier, »jetzt kurieren sie sich aus, und dann, werter Herr Schriftsteller, dann werden sie per erster Klasse wieder an die Front geschafft, ganz wie es Ihnen beliebt. Wenn Sie mich nun nicht weiter behelligen wollen, wäre ich Ihnen sehr zu Dank verpflichtet.«

Recherchenotiz

[Hartmut Binder, *Gustav Meyrink, Ein Leben im Bann der Magie*, Prag 2009:]

[Bei Hahn] *handelt es sich offenbar um den bekannten Pädagogen Dr. Kurt Hahn (1886–1974), der von 1914 bis 1919 im Auswärtigen Amt tätig war und 1920 zusammen mit Max von Baden das Internat Schloss Salem gründete.*

Hahn (1)

Kurt Hahn hatte Visionen. Er konnte sich Dinge vorstellen, von denen andere nicht einmal träumten (und wenn, wären sie schreiend erwacht). Und er war schneller, wenn die anderen versuchten, seine Ideen mit Intrigen und Aktenvermerken zu torpedieren, um sie in den Tiefen des Politischen Archivs zu versenken; meistens zumindest gelang es ihm, seine Gegner auszumanövrieren. Er soll's am Kopf haben, wurde auf den Fluren des Auswärtigen Amts erzählt, wo er – der Überflieger, der spezielle Protektion genoss – nicht sonderlich beliebt war, auch wegen seines gefühligen und theatralischen Auftretens. Vom Kriegsdienst befreit: *dauernd arbeitsverwendungsunfähig;* späte Folge eines Sonnenstichs; man hatte ein paarmal Druck ablassen müssen, aus diesem Schädel.

Er kommt persönlich, mit einem chauffierten Dienstwagen des Amts, Meyrink am Hotel abzuholen. Er hat eine Schachtel Pralinen dabei, die er öffnet, sobald man überaus bequem im Fond des Wagens sitzt, und beginnt sogleich, auf Meyrink einzureden, dem für eigene Bemerkungen nur die Pausen bleiben, in denen Hahn mit langen Fingern Pralinen aus der Schachtel pickt, um sie anschließend im Mund anzuschmelzen oder, weil ein Gedanke pressiert, sie sofort zu zermalmen und wortreich fortzufahren. Meyrink ist es recht: zurücklehnen, zuhören, abwarten. Und ein wenig aus dem Fenster schauen. Berlin! Das ist schon etwas anderes als München, dieses Bier-Athen, diese gigantische Sennhütte, nur gut, um von dort Abstecher in die Berge zu machen.

Hahn erscheint Meyrink eine recht flamboyante, selbstsichere und von sich durchaus überzeugte Person zu sein, umso erstaunlicher, wie klein sein Büro und in welch entferntem Winkel des Gebäudes es gelegen ist. Kurz streift ihn der Gedanke, ob und wie seriös diese Angelegenheit ist: Das Ganze etwa der Alleingang eines subalternen Außenamt-Mitarbeiters? Hahn weist seinem Besucher einen Sessel an und geht einen Tee bereiten. Zu dem Zeitpunkt ist Meyrink schon bestens unterrichtet, dass sein Gesprächspartner in Oxford studiert – nichts im Besonderen, Philosophie, Rhetorik, allgemeine Persönlichkeitsbildung –, dort viel Sport betrieben und, sehr wichtig, die korrekte Zubereitung von Tee erlernt hat. Er weiß auch, dass sein Verleger, Albert Langen, die erste und einzige Erzählung Hahns – *Frau Elses Verheißung* – gedruckt hat. Zu Beginn des Krieges war Hahn nach Deutschland zurückgekehrt: Der Verdruss über die erzwungene Tatsache ist ihm immer noch anzusehen und anzuhören. Wie genau er bei der Zentralstelle für den Auslandsdienst gelandet war und ob er überhaupt noch dort beschäftigt ist, sparte er aus, aber Meyrink hat schon kombiniert, dass Hahn gut situiert und bestens vernetzt ist. Als englischer Lektor hat er die Aufgabe, die britische Presse zu analysieren und seine Erkenntnisse in Memoranden für die politische Ebene des Amtes zu gießen. Das Englische beherrscht er in Wort, Schrift und, wie die Sorgfalt bei der Teezubereitung zeigt, ebenso die Lebensart.

Vorläufig abschließend hatte er die ganze Offenlegung seines Lebensweges bis hierher mit dem Satz begründet: »Ich finde es nur gerecht, wenn Sie auch etwas von mir erfahren, schließlich entblößen Sie als Schriftsteller ja Ihr Innerstes vor dem Publikum.« Worauf Meyrink dachte: Das mag auf den Autor von *Frau Elses Verheißung* zutreffen. Ansonsten: Nicht Entblößung ist das Ziel, sondern Verschleierung. Bei mir auf jeden Fall.

»Miese Zeiten, um anglophil zu sein, mein lieber Herr Meyrink, meinen Sie nicht auch?«, sagt Hahn, als er mit dem Tee-Tablett zurück ins Büro kommt.

»Überhaupt ist die Idee der Nächstenliebe ziemlich unter die Räder gekommen«, sagt Meyrink, »neuerdings sogar unter die Ketten der Tanks.«

»Sehr wahr«, sagt Hahn und fügt an: »Ich komme sofort auf den Punkt. Worte sind heute Schlachten. Richtige Worte gewonnene Schlachten, falsche Worte verlorene Schlachten. Wir führen, neben dem stählernen dort draußen, einen Krieg der Worte.«

Er hat etwas Romantisches, Zartes an sich, die Augenlider hängen tief, und wenn er spricht, legt er den Kopf zurück, wodurch die Nasenspitze sich hebt. Aber er ist keineswegs hochnäsig; nur überaus überzeugt von dem, was er sagt und denkt. Er beugt sich zu Meyrink vor und sagt, fast flüsternd: »Dieses Amt hat keine rechte Auffassung von seiner eigenen Bedeutung im Kriege, und die Gründe dafür liegen tief.«

Meyrink fühlt sich nach wie vor nicht bemüßigt, den Vortrag des anderen zu unterbrechen.

»Und zwar liegen diese Gründe in der menschlichen Natur. Die Herren hier wissen nicht, dass von der Moral der Völker der Ausgang des Krieges abhängt. Es fehlt das Feingefühl für die öffentlichen Strömungen, für die Presse. Aber wenn irgendeine Depesche mit dem Stempel *Geheim!* von irgendwo, von ihren Agenten und Vertrauensleuten, daherkommt, dann muss es ja stimmen, dann werden sie emsig, dann wuselt es im Ameisenhaufen. Je geheimer, desto besser. Dies gesagt – nun gibt es einerseits die Zeitungsleser und andererseits die Konsumenten der schönen Literatur«, sagt Hahn.

»Und hier komme ich ins Spiel?«, fragt Meyrink.

»Ich dachte, am ehesten lassen Sie sich von sich selbst überzeugen.«

Hahn nimmt mit der linken Hand zwei Blatt Papier vom Schreibtisch auf und liest davon ab. Den rechten Arm braucht er zum Gestikulieren:

»Wir haben uns ebenfalls das Gesäß mit Flitter geschmückt, und wenn wir beim Herannahen der Tiere nur jede Intelligenzäußerung scharf unterdrücken, so werden wir für Offiziere gehalten und hoch geachtet und sind vollkommen sicher. Du wirst vielleicht sagen, es sei charakterlos von mir, aber ich bitte dich, was muss man nicht alles tun, wenn man nun schon einmal unter Orang-Utans leben muss.
Jetzt heißt es aber hastig schließen, draußen – ganz nahe schon – höre ich das schneidige
Gwääh – Gwegg; Gwääh – Gwegg
der Vaterlandsaffen.«

»*Schöpsoglobin,* wenn ich nicht irre«, sagt Meyrink.

»*Vaterlandsaffen,* ganz köstlich«, sagt Hahn, »und hier:

Durch intime Beziehungen, die ich damaliger Zeit zu einer hohen Person unterhielt – pardon, die Diskretion verbietet mir, Details anzugeben –, erfuhr ich ganz Genaues über den Ursprung und so weiter und so weiter des Krieges und wurde so einer der wenigen Sterblichen, die tiefer in dies Blatt der Weltgeschichte zu blicken vermochten.«

»Also«, sagt Meyrink, »das ist nicht wörtlich zu nehmen, ist ein anderer Krieg, und schon gar nicht als meine Worte aufzufassen.«

»Das weiß ich natürlich«, sagt Hahn. »Es kommt uns hier in erster Linie auf den Tonfall an. Und auf das Visionäre: Diese Geschichte von der *Erstürmung von Sarajevo,* aus der ich gerade las – wenn das mal keine vorweggenommene Karikatur der glorreichen Waffentaten unserer österreichischen Verbündeten ist! – Wenn Sie mir erlauben, dann noch dieses eine Zitat aus *Der violette Tod:*

In Deutschland brach die Epidemie zuerst in Hamburg aus. – Der Umstand, dass Taube und Taubstumme von ihr verschont blieben, hatte den Professor auf die ganz richtige Idee gebracht, dass es sich hier um ein rein akustisches Problem handle. Einige Dezennien später, man schreibt 1950, bewohnt eine neue taubstumme Generation den Erdball. – Gebräuche und Sitten anders, Rang und Besitz verschoben. – Ein Ohrenarzt regiert die Welt. – Notenschriften zu den alchemistischen Rezepten des Mittelalters geworfen. – Mozart, Beethoven, Wagner der Lächerlichkeit verfallen, wie weiland Albertus Magnus und Bombastus Paracelsus. In den Folterkammern der Museen fletscht hier und da ein verstaubtes Klavier die alten Zähne.«

»Epidemie«, sagt Hahn bedeutungsvoll. »Sie sind ein ahnungsvoller Schriftsteller. Sie sehen Dinge, die andere nicht sehen. Und Sie machen keine Gefangenen, Sie haben alle beleidigt: Professoren, Offiziere, Beamte, Adel, deutsche Frauen –«

»Nur deutsche Pastorenfrauen«, unterbricht Meyrink, »und das auch nur ein einziges Mal – aber ich mag mich irren. Hat mir jedenfalls eine Menge Ärger eingebracht, viele Jahre danach.«

»– Ärzte, Diplomaten, Polizisten, Schriftstellerkollegen sowie Sachsen und Österreicher, soweit meine Bestandsaufnahme erschöpfend ist.«

»Die Bayern nicht zu vergessen. – Aber beleidigt? Ich bin nun einmal ein Satiriker.«

Hahn gießt Tee nach.

»Genau deshalb. Sie stehen auf keiner Seite, sind dennoch allen Seiten bekannt, im In- und im Ausland. Wenn Gustav Meyrink über die Kriegsschuld schreibt, wird niemand annehmen, er sei das Sprachrohr dieser oder jener Partei.«

Endlich, denkt Meyrink, kommt er zur Sache.

»Und an wen haben Sie da nun gedacht, als Schuldige?«

»Freimaurer.«

»Ah ja«, sagt Meyrink, »ich frage mich im Namen meiner

künftigen Leser, was haben die Freimaurer mit der Sache zu tun?«

Hahn winkt ab: »So viel wie der Sonnenaufgang. – Aber dieser Krieg wird nicht mehr lange dauern. Und dann wird abgerechnet, egal, ob wir einen Friedensvertrag haben oder nur einen Waffenstillstand, welch Letzteres ich befürchte. Es geht darum, möglichst vielstimmig in die Debatte zu gehen. Und möglichst früh.«

»Wehe den Besiegten«, sagt Meyrink.

»Warum nicht die Freimaurer? Keiner traut ihnen, aber jeder traut ihnen alles zu. Es gibt sie überall. Sie tun geheimnisvoll. Jeder hat von ihnen gehört, keiner weiß etwas Genaues. Außer was die Leute sagen. Und die erzählen viel. Wenn man das ganze Brimborium wegpustet, bleibt nicht viel mehr als ein Karnevalsverein übrig.«

»Ich kenne mich nicht besonders gut aus, was die Freimaurerei betrifft«, sagt Meyrink. Stimmt nicht ganz: In die Loge *Zum Blauen Stern* zu Prag ist er viele Jahre zuvor eingeführt worden, auch wenn das keine echte Freimaurerloge gewesen ist. Für einen Okkultisten sind Freimaurer schlicht zu langweilig.

»Keine Sorge, ich habe Ihnen bereits etliche Unterlagen zusammensuchen lassen«, sagt Hahn, »das Beste aber ist: Mit einer Klappe schlagen Sie zwei Fliegen.«

Meyrink spürt, dass er die Pointe bei Hahn abholen soll, was ihm jedoch nicht gefällt. So hebt er, anstatt artig nachzufragen, nur die Augenbrauen.

»Nun, die Juden«, sagt Hahn.

»… die Juden«, sagt Meyrink, als Echo.

»Nicht alle Juden sind Freimaurer, aber viele Freimaurer

Juden«, sagt Hahn, »manche glauben sogar, ›Freimaurer‹ sei nur ein anderer Ausdruck für einen Juden von Einfluss.«

»Ich habe nichts gegen die Juden, genauso wenig, wie ich gegen die Freimaurer eingestellt bin«, sagt Meyrink. »Viele halten mich sogar für einen Juden und verwenden diese erfundene Wahrheit gegen mich.«

»Sehen Sie! Ich bin Jude. Nicht praktizierend, aber Jude. Weswegen ich hier im Amt niemals Beamter werden würde. Stattdessen tue ich, was man uns Juden immer vorhält: Ich habe das Ohr einer hochgestellten Persönlichkeit, und ich nutze diese Tatsache, wie es jeder andere auch tun würde, meinen Sie nicht?«

Hahn macht eine kurze Pause, schenkt Tee nach, möglichst geräuschlos, damit er nach draußen lauschen kann. Er stellt die Kanne ab und sagt halblaut:

»Prinz Max von Baden.«

Warum war ich mir so sicher, dass ich den Namen der hochgestellten Persönlichkeit erfahren würde?, denkt Meyrink.

»Der nächste Reichskanzler«, flüstert Hahn, »ich arbeite daran, aber ich bitte Sie, dies für sich zu behalten.«

Meyrink muss ein wenig nachdenken, um auf den gegenwärtigen Reichskanzler zu kommen. Richtig: Hertling. Ein Bayer; der würde sicher den Kollegen Ganghofer für die in Rede stehende Aufgabe bevorzugen. Vielleicht besser, von der hohen Politik wegzukommen. Er fragt:

»Warum ein Roman? Wäre nicht ein Tatsachenbericht angebrachter, zwingender? Ein Werk mit vielen Fußnoten. Wer glaubt schon einem Roman?«

»Ach, die Tatsachen«, seufzt Hahn. »Das mag ja modern

sein. Aber Fakten können widerlegt werden, es ist mühsam und ermüdend, aber es geht. Im Reich der Fiktion, in Ihrem Roman, spielen Sie mit dem, was die Menschen glauben oder glauben wollen. Und wen wollten Sie denn ernsthafterweise von der Freimaurergeschichte überzeugen? Da helfen auch keine Fußnoten. Wer so ein ›wissenschaftliches‹ Werk liest, der glaubt es ohnehin schon.«

Meyrink denkt lange darüber nach. Oder besser: Er wartet auf irgendeinen Einfall. Dann sagt er:

»Ich weiß immer noch nicht genau, was Sie – das Amt – damit bezwecken. Und wie der beabsichtigte Zweck erzielt werden soll.«

»Benutzen Sie doch einfach Ihre Phantasie«, sagt Hahn.

Recherchenotizen

[Wer also ist Hahn – wer sollte er sein? – Bundesarchiv Berlin-Lichterfelde; im Zug zurück nach München notiert; Mai 2018]

Heute dauert die Fahrt mit der Eisenbahn von München nach Berlin-Hauptbahnhof zwischen vier und viereinhalb Stunden. Wenn man zum Bundesarchiv in Lichterfelde will, steigt man Berlin-Südkreuz aus und nimmt die S-Bahn nach Lichterfelde-Ost. Nachdem man aus dem Taxi gestiegen ist, meldet man sich beim Pförtner an und erhält eine durchsichtige Plastiktüte mit aufgedrucktem Bundesadler sowie einen Spindschlüssel und den Hinweis: »Die Tüte könnse behalten, aber den Schlüssel gebense wieder ab, ja?«
Von der Pforte bis zum Archivgebäude leitet ein auf den Boden gepinselter weißer Strich, der erst recht dazu verlockt, offensichtliche Abkürzungen zu nehmen: Über eine Wiese führt ein Trampelpfad direkt zum Eingang des Archivs. Das Gelände gehörte einmal zur Königlich Preußischen Hauptkadettenanstalt. Später war auf dem Gelände die »Leibstandarte Adolf Hitler« stationiert, ein ss-Verband, danach us-Truppen, seit Mitte der 1990er das Bundesarchiv mit etlichen Beständen des gewesenen Deutschen Reichs in seinen verschiedenen Ausblühungen.

Man verstaut Jacke und Rucksack im Metallspind, macht sich mit seinen verbliebenen Utensilien – Notizen, Schreibblock, Bleistift – in der Plastiktüte durchsichtig, passiert eine zweite Anmeldestelle und erhält an einer Theke die Wochen zuvor bestellten Akten ausgehändigt. Man ist versucht, sich denjenigen der weißen Arbeitstische auszusuchen, dessen Nummerierung der zugewiesenen Spindnummer entspricht; aber das geht dann doch zu weit. Man lässt sich nieder, im größtmöglichen Abstand zu den Nachbarn. Das Enthüllen von Geheimnissen kann eine nüchterne Angelegenheit sein. Die Bundesarchiv-Bestände mit den Signaturen R 901 / 71465, 901 / 71952 und 901 / 71953 sind drei in blaue Aktendeckel gebundene Stapel ehemals loser Aktenstücke: Briefe, Abschriften, Vermerke, Notizen, kommentiert, bestempelt, paraphiert. »R 901« bezeichnet ihre Herkunft: Auswärtiges Amt, Zentralstelle für Auslandsdienst. Der Umgang mit diesen Papieren hat einmal Tage und Leben ausgefüllt. Man denkt an Ärmelschoner, Tintenfass und Zwicker. Eine Menge Seiten sind schnell überblättert. Man sieht der Propagandamühle des Auswärtigen Amtes beim Mahlen zu.
[E-Mail von Autor an Lektorin; Betreff: Recherche-Ergebnisse Berlin / Es ist nicht Kurt Hahn]
Zumindest die Aktenlage ist eindeutig: Gustav Meyrinks Korrespondent im Amt damals war nicht Kurt Hahn. An diversen Schriftstücken sieht man es. Meyrink schreibt z. B.: »Sehr geehrter Herr Legationsrat …«, aber Kurt Hahn war nie Teil der diplomatischen Hierarchie, hatte also auch keinen diplomatischen Rang. Und dieser Hahn zeichnet zwei- oder dreimal unter dem Briefentwurf: »v. H.«, also von Hahn.

Sehr schade. Wie passt diese Angelegenheit mit einem trockenen Berufsdiplomaten zusammen? Angehängt die Rohfassung von dem Kapitel, in dem Meyrink in Berlin auf Kurt Hahn trifft. Würde ich ungern streichen. Was meinst du? (...)
[E-Mail von Lektorin an Autor; Betreff: Re: Recherche-Ergebnisse Berlin / Es ist nicht Kurt Hahn]
In der Tat, dieser Kurt Hahn ist natürlich die interessantere Figur. Aber wenn der von Hahn sozusagen nur der Ausführende wäre, und der Kurt Hahn im Hintergrund die Strippen gezogen hat? Oder dann versetzt worden ist oder sich anderen Themen widmen musste?
[E-Mail von Autor an Lektorin; Betreff: Re: Re: Recherche-Ergebnisse Berlin / Es ist nicht Kurt Hahn]
Ich habe inzwischen auch beim Auswärtigen Amt (Politisches Archiv) nachgefragt. Die haben nur einen »Hahn« in den Personalakten. Aus der Mail des AA-*Mitarbeiters:*
»Die ›Militärische Stelle‹ war eigentlich eine Art Außenstelle für Auslandspropaganda des Großen Generalstabs. Organisatorisch war sie an die Nachrichten-/Presseabteilung des Auswärtigen Amts angebunden. Bernhard von Hahn war im fraglichen Zeitraum in diesem Bereich eingesetzt; eine Kurzbiographie übersende ich als Anlage.«
Laut dieser Bio war der von Hahn seit Oktober 1917 *in der Nachrichtenabteilung für die Verbreitung von Büchern, Broschüren etc. im Ausland zuständig. Ein echter Karrierediplomat, Jurist, 1907 eingetreten, Stationen in Shanghai, Kopenhagen, dann zum Militärdienst eingezogen, später Konsul in Rotterdam und Amsterdam (dort 1935 gestorben). – Das würde also passen.*

Hahn (2)

Meyrink nimmt gegen Mittag eine Mietdroschke zum Auswärtigen Amt. Der Fahrpreis würde ihm ja wohl erstattet werden, obwohl davon in dem Schreiben nicht die Rede war. Die Abteilung IV, Nachrichtenabteilung, befindet sich nicht im Hauptsitz des Auswärtigen Amts in der Wilhelmstraße, sondern in einem Palais Unter den Linden. An der Portiersloge meldet er sich an. Man verweist ihn in ein Besprechungszimmer im Souterrain: Herr von Hahn werde sogleich bei ihm sein. Die Beleuchtung ist dämmrig; wenn er schräg nach oben aus dem Lichtschacht sieht, kann er Beine vorbeilaufen sehen. Stiefel, viele Militärstiefel. Er nimmt das schwarze Notizbuch heraus, legt einen Bleistift akkurat daneben.

Von Hahn erscheint plötzlich, tritt ein, ohne anzuklopfen, ein kleiner, breiter Mann, Ende dreißig oder Anfang vierzig, in einem altmodischen Anzug, Weste samt Uhrkette, Hemd mit spitz abgeklapptem Kragen und penibel gebundener Schleife, kleines angestecktes Eisernes Kreuz am Bande. Keine Tintenflecke an den Fingern, keine Ärmelschoner, nicht in seiner Position, als Legationsrat. Meyrink trägt einen dezent karierten ockergelb-blauen Dreiteiler, dazu eine bunte Krawatte in orientalischem Stil. Am Revers die Nadel seines Starnberger Ruderclubs. Mehr an Glitter – abgesehen vom Ehering und dem Opal an der rechten Hand – kann er nicht aufbieten.

Man schüttelt Hände, verbeugt sich knapp.

»Nehmen Sie Platz«, sagt von Hahn.

Er nimmt eines der Kopfenden des Tisches ein, Meyrink seitlich, mit so viel Abstand, dass er die Papiere, die der andere gerade aus der mitgebrachten Kladde holt, nicht lesen kann. Es sind einige.

»Darf ich noch um einen Moment bitten«, sagt von Hahn, die Unterlagen vor sich hin auffächernd, und, derweil, zur Unterhaltung seines Gastes: »Wussten Sie, dass der Vorläufer meiner Abteilung hier – unter Bismarck – ›Literarisches Büro‹ genannt wurde?«

»Das wird es nun wohl wieder«, sagt Meyrink, worauf der Legationsrat die Mundwinkel leicht nach unten zieht.

»Ich orientiere Sie zunächst über die Natur dieser Abteilung«, sagt Hahn. »Wir machen hier Propaganda. Beeinflussung von Freund und Feind. Das ist nicht die feine Dichtkunst. Da muss sich auch nichts reimen. Es geht nicht um Stil. Es geht um Wirkung. Nur um die Wirkung. Vor allem um die Breitenwirkung. Und Sie haben bereits breit gewirkt. Aus diesem Grunde sind Sie für uns interessant. Weil Sie eine Berühmtheit sind.«

Meyrink fragt sich, ob der Mann auch Sätze mit Satzzeichen außer dem Punkt am Ende beherrscht.

»Breit gewirkt, nun ja«, sagt Meyrink.

»Bescheiden, das ist schön. Aber bitte: über 200 000 Exemplare allein der *Golem*. Wir haben uns erkundigt. Dazu die schrille Werbekampagne. Hat jeder gesehen. Dazu die Feldpostausgaben.«

Von Hahn tippt auf sein Ordensband: »So kam der *Golem* zu mir marschiert. Ich war Bataillonskommandeur in einem preußischen Infanterieregiment. Kam jedoch aufgrund der Kampfhandlungen nicht vollumfänglich zum Lesen.«

So siehst du aus, denkt Meyrink, mir kommst du eher vor wie einer von der Artillerie, Typ Trommelfeuer. Er fragt sich, ob Fragen erlaubt sind, und fragt einfach:

»Warum ich und nicht – sagen wir – Ludwig Ganghofer? Oder einer der Manns?«

»Müssen Sie mich nicht fragen. Obwohl: Ganghofer wäre durchaus mein Mann. Wenn Sie den Scherz ertragen. Danke sehr.«

Meyrink stellt sich gerade vor, wie man hier im Amt ein Formular ausfüllt, das Namen, Rang, den beabsichtigten Scherz, eine Erläuterung der Pointe, zwei gestrichelte Linien enthält, eine für die Unterschrift des antragstellenden Scherzenden und eine für den abzeichnenden Vorgesetzten …

»Für das Literarische bin ich nicht zuständig. Ich bin zur Abwicklung unseres Geschäftes erkoren. Wenn wir denn handelseinig werden. Im Grunde wollen Sie wohl. Sonst wären Sie nicht hier.«

»Ja«, sagt Meyrink etwas verloren, »sonst wäre ich nicht hier.«

Mit einem Mal erscheint ihm die Geschichte ganz und gar falsch. Da ist die Grube, notdürftig mit Zweigen und Ästen bedeckt, dahinter steht Hahn, einen Leckerbissen auf einen Stecken gespießt, und er, Meyrink, ist der gierige, tapsige Bär, der gleich in die Grube fallen wird. Abgesehen davon, dass er sich nicht besonders umworben vorkommt. Wenn er jetzt aufstünde und den Raum verließe, käme vielleicht wirklich Ganghofer in der Krachledernen herein, freundlich den Gamsbarthut lüftend, dezent jodelnd. Er, ein strammer Patriot, der überhaupt kein Problem mit den Saupreußen hat, soll ja der Favorit Kaiser Wilhelms sein, was die Schriftstellerei angeht. Wessen Favorit ist er, Meyrink? Irgendwo in diesem Amt hält jemand die Hand über ihn. Wer? Warum? Dieser Hahn ist es sicher nicht. Es gibt einen Plan, und er ist das Werkzeug. Jetzt wünscht er sich den Einarmigen herbei; der schien doch einen gewissen Durchblick gehabt zu haben.

»Auch hat die Sache einen finanziellen Aspekt«, sagt Hahn.

Auch? denkt Meyrink. Nur!

»Wir haben einen Vertrag vorbereitet«, sagt Hahn, »wenn Sie freundlicherweise einmal Einsicht nehmen wollen.«

Er schiebt einen größeren, mehrfach gefalteten Bogen Papier über den Tisch. Die nächsten zehn Minuten studiert Meyrink das Papier. Da gibt es wenig einzuwenden. Das Honorar ist üppig, mehr als erwartet. Wenn die Bevölkerung wüsste, für welche Dinge ihre Kriegsanleihen ausgegeben werden. Romane statt Kanonen. Pointen statt Granaten – die beiden haben wenigstens etwas gemeinsam: zünden nicht immer.

Die Hälfte als Vorschuss, sofort nach Unterzeichnung, und nach den Gepflogenheiten in diesem Geschäft nicht rückforderbar. Andere Hälfte nach Fertigstellung. Beteiligung an den Verkaufserlösen. Der Abgabetermin ist unangenehmerweise vom Kriegsglück der deutschen Armee abhängig: unbestimmt. Jedenfalls soll der Roman fertig sein, bevor der Krieg zu Ende ist. An dem Punkt wird er nachverhandeln müssen. Umfang: Was es braucht. Gut: Sie bestellen also keine Riesenschwarte. Manche messen die Qualität eines Buches an der Seitenzahl; ein fataler Irrtum: Das Aufhäufen ist die Tugend der Ameisen, Genie trägt ab. Aber eines – eines sollte doch geklärt werden:

»Wer soll es denn eigentlich sein«, sagt Meyrink, »ich meine: schuld sein.«

Hahn lässt den Blick über die Papiere vor sich gleiten.

»Das sind … einen Augenblick … die Freimaurer, ja, das wäre die Bedingung.«

»Und«, sagt Meyrink, »warum die Freimaurer? Glauben Sie denn, die Freimaurer hätten all dies angezettelt?«

»Darauf kommt es nicht an. Ich bin Beamter. Da gibt es Weisungen. Weisung kommt von Weisheit, und die kommt – von oben. Wenn Sie den kleinen Scherz ertragen. Danke sehr.«

Beim Buddha, denkt Meyrink, wer da oben zeichnet solche Scherzformulare ab? Er sagt:

»Wenn ich es nun besser fände, aus Erwägungen, die im Bereich der künstlerischen Freiheit liegen, die, sagen wir, Illuminaten zu belasten?«

»Illuminaten? Kennt doch kein Mensch. Ein Buch über eine Verschwörung von Illuminaten kann ich mir im Leben nicht vorstellen. Wer will das lesen?«

Meyrink überlegt, ob er die Vorgabe brav akzeptieren oder doch noch die Rosenkreuzer, Madame Blavatskys Theosophen, den Sat-Bhai-Orden ins Spiel bringen soll: Die (und ein paar mehr) kennt er immerhin aus eigenem Erleben. Da müsste er sich nicht langwierig einlesen. An Verrücktheiten herrscht in diesen Kreisen kein Mangel, eher fehlt es an Mitteln. Einen ausgewachsenen Weltkrieg anzuzetteln ist kein Kinderspiel. Erst recht nicht, den Kampf über Jahre zu unterhalten. Das dürfte selbst Freimaurer, obwohl seit Jahrhunderten überall dabei, wo es an Fäden zu ziehen gibt, herausfordern. Obwohl ... wenn man annimmt, sie seien überall ... Minister, Generäle, Beamte, Industrielle, Verleger. Und wenn nur ein Viertel von denen Freimaurer sind, und nicht nur im Reich, auch die Briten, die Franzosen, die Russen ... Ist es von dem italienischen Außenminister Sonnino nicht sogar weithin bekannt, dass er einer Freimaurerloge angehört? Und wie sehr hat er auf den Kriegseintritt auf Seiten der Entente gedrängt!

Meyrink fühlt eine Gänsehaut zwischen den Schulterblättern aufziehen. Verschwörung, wohin man blickt. Es hat schon seinen Reiz; als Schriftsteller kann er das nachvollziehen. Es macht die Dinge scheinbar erklärlich, aber das nebelhaft wabernde Geheimnis bleibt, für den Nervenkitzel der geneigten Leserschaft. Ob es allerdings Kommissionen überzeugt, die Waffenstillstands- oder Friedensabkommen aushandeln müssen? Mal ganz abgesehen davon, dass die Freimaurer, wenn sie überall sind, auch dort zu finden sein werden. Man schickt ihn hier auf eine unmögliche Mission. Wenn nicht die Zeitgenossen, die Nachgeborenen werden ihn sicher richten. Oder schlimmer: verlachen.

Der Legationsrat wartet geduldig, poliert hingebungsvoll seinen Kneifer mit dem BvH-monogrammierten Taschentuch. Meyrink sieht ihm zu und denkt: Wie viele haben mit ihren Zweifeln bereits hier gesessen, falls sie welche hatten. Sind es mehrere Pferdchen, die die Weisen des Auswärtigen Amts ins Rennen schicken, oder ist er, Meyrink, das einzige

Schlachtross, das sie aufbieten, um die Kriegsschuldfrage zu entscheiden? Aber das wird von Hahn ihm sicher nicht offenbaren.

»Gut«, sagt Meyrink, »ich weise also – romanhaft – nach, dass die Freimaurer am Ausbruch des Krieges schuld sind. Sofern Sie befugt sind, werter Herr Legationsrat, dann können Sie mir doch sicher sagen, was sich das Auswärtige Amt von diesem Ergebnis verspricht und ob es etwas zur Entlastung unserer Regierung und des Generalstabs beiträgt.«

Von Hahn hat es offensichtlich nicht gern, dass seine Befugnis in Satzzusammenhängen mit »sofern« erscheint. Mit geschärfter Stirnfalte sagt er, tadelnde Dissonanz in der Stimme: »Wie hätten wir uns denn verhalten sollen, in der Einkreisung durch feindlich gesinnte Nachbarn? Was ist die Wahrheit? In Wahrheit? Warum nur eine? Wenn es doch immer so schwierig mit ihr ist. Stellen wir der einen, der spröden, der verschämten, der unberührten, ein unverschämtes Schwesterchen an die Seite. Ihnen mag sie grell, vulgär und unstet erscheinen. Aber sehen Sie das Glitzern in ihren Augen? Wie sie sich in den Hüften wiegt? Es wird schon einen Grund haben, warum es *die* Propaganda ist und nicht *der* Propaganda.«

Meyrink wundert sich: Wer spricht hier? Das hört sich kaum nach von Hahn an. Der ist nun in Fahrt gekommen:

»Ein Siegfrieden ist natürlich wünschenswert. Man setzt dem anderen den Stiefel auf die Brust und diktiert den Friedensvertrag. Mit der Schuldfrage sollen sich dann die Verlierer trösten. Wird leider nicht eintreten. Auch nach meiner Einschätzung der Lage. Vielleicht bringt die Frühjahrsoffensive eine Wende. Aber seit die Amerikaner mittun … Das Amt stellt sich ein auf einen wie immer gearteten Verständigungsfrieden. Wie die Freimaurer da helfen, weiß ich nicht. Aber am Verhandlungstisch geht es zu wie an der Front. Ab und zu muss man eine Nebelgranate schießen. Wenn Sie den Scherz – ah, die Unterlagen.«

Ein Bürodiener rollt ein Wägelchen in den Raum, darauf ein Stapel Bücher, Aktendeckel, Broschüren. Von Hahn betrachtet den Mann missbilligend.

»Das ist verfrüht. Herr Meyrink hat sich noch nicht entschieden.«

»Doch, doch«, sagt Meyrink, fast ein wenig eilig.

Der ganze absurde Witz der Sache ist ihm klargeworden. Natürlich. Das ist sein Roman. Das ist ein echter Meyrink, selbst wenn er selbst nie und nimmer auf die Idee gekommen wäre. Staat an Schriftsteller: Hilf uns aus der Patsche, schreib einen Roman. Es wäre fast rührend, wenn es nicht so absurd wäre: dieser Glaube an die Macht des Wortes, dieses Vertrauen in die Kraft der schönen Literatur. Was müssen die verzweifelt sein. Zwar verheizen sie noch immer Menschen auf den Schlachtfeldern und lassen die daheim verhungern, insgeheim aber machen sie – der Generalstab, die heimliche Reichsregierung – schon längst Pläne für die Zeit danach. Der Kaiser und das Parlament haben nichts mehr zu sagen. Da hat der Legationsrat recht: Hinter der Nebelwand wollen sie sich davonschleichen. Natürlich, um wiederaufzutauchen, wenn die Zeit reif ist.

Ihn überkommt eine sicher völlig unangebrachte Leichtigkeit, von der er im Moment weiß, dass sie nicht lange anhalten wird. Im Moment schwebt die verrückte Idee ungefähr so greifbar wie bunte Seifenblasen vor ihm; verlockend, aber ... wie in Dreiteufelsnamen soll einer das Ungeheuerliche in einen Roman verwandeln?

Die andere Erkenntnis, die sich ihm aufdrängt: Es gibt keine Mitbewerber, keine Manns, keinen Ganghofer, keinen sonst wer. Die sich aufdrängende Frage nach dem Warum unterdrückt er für den Moment, auch weil sich eine andere Erkenntnis durchsetzt: *Verlange mehr Honorar.*

»Doch, doch«, sagt Meyrink, und schließlich: »Das gebotene Honorar scheint mir jedoch, gemessen an dem Wagnis, das ich eingehe, zu niedrig. Es besteht die Gefahr, dass meine Reputation unter der Sache schwer leidet.«

Von Hahns Augen hinter dem Kneifer schwenken auf eines der Papiere, die vor ihm liegen. »Wie viel also?«

»Das Doppelte«, sagt Meyrink. War doch eine gute Schule, das jahrelange Pokern und das Tarockieren.

»Ist in Ordnung«, sagt von Hahn und klingt erleichtert. »Wünschen Sie die von uns bereitgestellten Unterlagen sogleich mitzunehmen, oder bevorzugen Sie die Zustellung per Frachtpost?«

»Frachtpost, bitte sehr«, sagt Meyrink, als er den korrigierten Vertrag unterzeichnet, »ich bin zwar ein Esel, aber kein Packesel. Bitte den Scherz zu ertragen. Danke sehr.«

Bernhard von Hahn verzieht keine Miene. Er geleitet ihn dennoch zum Ausgang, tritt gar zwei Schritte vor ihm hinab auf die Treppe, wie um sicherzugehen, dass der Gast das Haus wirklich verlässt. Meyrink lüpft noch einmal den Hut.

»Wann soll es denn nun fertig sein?«, fragt er.

Von Hahn hebt die Schultern. »Wenn möglich bald, sehr bald. Nur darf die gebotene Eile der Güte der Arbeit nicht schaden. – Reisen Sie wohl!«

Im Eisenbahnabteil nimmt Meyrink das Notizbüchlein heraus und blättert zu der Seite mit der Wellenlinie, schreibt darüber:

Freimaurerroman

und hat dabei das Gefühl, so eine Art Schifflein aufs Wasser gesetzt zu haben. Nur – auf welchen Kurs?

Recherchenotiz

[Hans Reimann, 3. *Literazzia* (München, 1954):]

Meyrink schlug Ludwig Ganghofer als den geeigneten Mann vor. Den hatte er besonders im Magen.
Ludwig Ganghofer? Das Auswärtige Amt rümpfte die Nase.
Meyrink schlug Gustav Frenssen vor, den er dreimal parodiert hatte.
Frenssen, der von Krupp in Essen protegierte Pastor? Das Auswärtige Amt bestand auf Meyrink.
Bitte! Wenn die Großkopferten unbelehrbar waren …
Er ließ sich Vorschuss zahlen, reiste heim und schrieb nicht eine einzige Zeile.

Ich

Als ich es leid wurde, mich stets von neuem beschreiben zu müssen – für die Presse, die literarischen Rundschauen, für wen und was auch immer –, da verfasste ich einen Text, in dessen enge Umarmung ich mich hineinzwängte, wohl wissend, dass ich wie ein Entfesselungskünstler diese Ketten jederzeit auf ein sanftes Schütteln und Winden meines Körpers (und Geistes) sprengen könnte. So schrieb ich, nach Angabe wichtiger Körpermaße wie etwa des ausgeatmeten Umfangs meines Brustkorbes, meines Bizeps-, Unter- und Oberschenkelumfanges und einiger dahingeworfener, wohl auch abschätziger Bemerkungen zu Literatur und Theater über mich selbst:

Stellung zum Geschlechtsproblem:
fraglos ein ungemein reizvolles Vergnügen, was die praktische Ausübung der geschlechtlichen Tätigkeit anbetrifft. Wohlgemerkt: für junge Leute! Mit einem Problem hat es nichts zu tun.

Jedoch kann es zu Problemen führen. So betrachtet, bin ich selbst das Problem; ich, der kleine Gustav Meyer, geboren am 19. Januar 1868 im Hotel Zum Blauen Bock zu Wien, Mariahilferstraße 81. Man sollte einmal etwas über Kinder schreiben, die im Hotel geboren wurden, ich wittere da eine Geschichte. Im Wiener Geburtsmatrikel bin ich übrigens als Gustav Berg verzeichnet. So begann mein Lebensweg der Verschleierung. Noch ist er nicht vorüber; das Verwischen der Spuren, die ich hinterlasse, ist mir zur zweiten Natur geworden. Über meine erste Natur rätsle ich nach wie vor. Mein erster Gedanke nach dem Aufwachen jeden Morgen ist: Wer bin ich? Und mein letzter Gedanke abends vor dem Einschlafen ist: Wer bin ich heute gewesen? Und, schon halb in Morpheus' Armen: Wer werde ich morgen sein?

Meine Mutter – eine Frauensperson vom Theater, von Hause aus von unbedeutendem Stand, durch ihre Bühnentätigkeit keineswegs erhöht, mag sie auch die Maria Stuart und andere Gekrönte gegeben haben – war also von Berufs wegen zur öffentlichen Begutachtung, der Betrachtung und Ein- und Abschätzung freigegeben. Und nach dem, was die Leute so sagen und sagten, muss sie eine angenehme Erscheinung gewesen sein, weswegen sie wohl dem Freiherrn ebenso sehr begehrenswert als verfügbar erschien – die Verfügbarkeit ergibt sich letztlich aus dem Standesunterschied.

An sich ist dies Vergnügen harmlos, nur darf es nicht mit seelischem Ballast verquickt werden. Auch muss man die nötige wissenschaftliche Bildung besitzen, um den automatischen Folgen rechtzeitig vorbeugen zu können. Das hatten sie wohl nicht; wiewohl die erforderliche Wissenschaft eine überschaubare ist.

Da saß also der Freiherr in seiner Loge am Königlichen Hoftheater zu Stuttgart, und irgendwann wird er zu seinem Opernglas gegriffen haben, um die kleine Theatermamsell dort auf den Brettern genauer zu studieren. Später dann wird er an ihre Garderobentür geklopft oder am Bühnenausgang mit seiner Kalesche gewartet haben – er, eine durchaus imposante Erscheinung mit einem ausladenden Seemannsbart, Ministerpräsident des württembergischen Landtags – und dreißig Jahre älter als meine Mutter. Diese beiden haben mich im Frühjahr 1867, wie der undurchdringliche Begriff im Deutschen lautet, gezeugt: ein – für mich – überaus bedeutsamer Vorgang, der doch völlig ohne mein Einverständnis vonstattenging und – mutmaßlich – der zugrundeliegenden geschlechtlichen Tätigkeit, solange sie vonstattenging – einmal, zweimal, mehrmals, was weiß denn ich –, keineswegs als Resultat vorschwebte: Denn das Produkt einer solchen Verbindung wird immer zwischen den Welten existieren und beiden Welten Unannehmlichkeiten bereiten müssen: von meiner Welt gar nicht zu reden. Ich bin also kein Wunschkind. Der einzige Wunsch, der sich mit meiner Entstehung verbindet, war der Wunsch, nicht aufzuhören, bevor der Zweck der geschlechtlichen Tätigkeit erfüllt war. Hätten sie, wär' ich nicht. Wär' ich nicht, wär' alles nicht. Man hat sich mit mir, wohl oder übel, arrangiert, arrangieren müssen. Meine Mutter hat sich nach Wien abgesetzt, sobald sie absehen konnte, dass man es ihr ansehen konnte. Der Freiherr ließ sie natürlich ziehen. Wischte den Schweiß mit einem seidenen Taschentuch von der Stirn: *Eh bien, adieu!* Seelischer Ballast dürfte weder sie noch ihn beschwert haben. Ich habe ihn nie gesehen und folglich nie vermisst. Später, um die Zeit meiner Einschulung, hat der Freiherr Farbe bekannt, allerdings, ohne seinen Namen zu offenbaren, dafür unter Einsatz finanzieller Mittel. Durchaus korrekt, das muss man anerkennen. Damit wurde ich vom Berg zum Meyer, zum Gustav Meyer. Geht es gewöhnlicher? Wahrscheinlich wären meine späteren Bankgeschäfte mit dem Titel des Freiherrn besser gelaufen. Aber eigentlich glaube ich das nicht. Anfangs vielleicht, aber am Ende wird abgerechnet, Titel hin, Titel her. Einen Namen zu erhalten heißt, sich fremder Bestimmung zu unterwerfen.

Ich bin nicht Meyer. Ich bin Meyrink. Ich bin nicht der, der ich war, ich bin der, der ich geworden bin. Und solange ich bin, bin ich im Werden. Und wenn ich tot bin, wird auf meinem Grabstein stehen: VIVO. Ich lebe.

Darüber wird der Normalmensch lächeln. Worüber lächelt der Normalmensch denn nicht? Über so ziemlich alles lächelt er: Nur über sich selbst lächelt er merkwürdigerweise nicht.

Recherchenotiz

[Carl Vogl, *Aufzeichnungen und Bekenntnisse eines Pfarrers*, (Wien–Berlin, 1931), S. 147 ff.]

Einen sehr bedeutungsvollen Einblick in die herrschenden Kreise jener Tage verdanke ich Gustav Meyrink, mit dem befreundet zu sein einen ganz außergewöhnlichen geistigen Gewinn bedeutet. Als ich Meyrink im dritten Kriegsjahr [?] besuchte, sah ich bei ihm einen Tisch voll aufgehäuft mit alten und neuen Büchern freimaurerischen Inhalts. Bezüglich ihrer gab mir Meyrink die Auskunft, er habe sie aus dem Auswärtigen Amt in Berlin, und erzählte wie folgt: »Ich wurde telegraphisch nach Berlin ins Auswärtige Amt gebeten. Dort traf ich einen Legationsrat nebst zwei Vertrauensmännern, darunter den ehemaligen Beichtvater der Königin von Bayern. Man stellte mir sofort folgenden Antrag: Schreiben Sie uns einen Roman, in dem Sie den Nachweis führen, dass die Freimaurer am Weltkrieg schuld sind! Die einschlägige Literatur, die auf einem Tische bereitlag, wurde mir zur Verfügung gestellt. Ich war nicht wenig erstaunt und erwiderte, man solle doch lieber Frensssen oder Ganghofer mit dieser Aufgabe betrauen. Doch die Herren meinten, die seien viel zu national und militärfreundlich, man brauche einen prominenten Schriftsteller, von dem das

Publikum weiß, dass er kritisch, ja mehr als kritisch diesen Dingen gegenüberstände.«

Meyrink übernahm die Mission und hätte, wie ich aus dem weiteren Gespräch ersah, seine Sache so fein gemacht, dass er seine Überzeugung nicht verleugnet hätte. Ob allerdings seine Auftraggeber an dem Werk ungetrübte Freude erlebt hätten, ist eine andere Frage.

Die ausführlichen Richtlinien, die ich in Händen hatte, gehen darauf hinaus, die Freimaurerei – vor allem die französische und italienische, aber auch die übrige – habe den Krieg »vorbereitet«, »angefacht« und »ausgebreitet«, »Italien dem Dreibund abspenstig gemacht«, den »Friedensschluss« verhindert, »jeden Sonderfrieden gewaltsam unterdrückt«, sie sei überhaupt »die Trägerin des Krieges«.

Ich, Goldmacher

Um Gold zu machen, muss man nicht besonders schlau sein. Nur so schlau, nicht darüber zu reden, wenn man Gold gemacht hat. Es ist eine verbreitete Tätigkeit. Wie sonst sollte ich mir die enorme Zahl von reichen Menschen erklären, die ich in der wohlhabenden, glänzenden Stadt Prag antraf oder von deren Existenz ich wusste. Dies nur mit Fleiß, Arbeit und gelegentlichen Erbschaften zu erklären schien mir stets zu einfach. Dass ich es probierte, versteht sich eigentlich von selbst: Die Alchemie gehörte zu den okkulten Wissenschaften, deren Studium ich in Prag betrieb, wie das Hellsehen, die Fernwirkung, Horoskope und was nicht noch alles.

Ich begann das Projekt wie alle anderen Projekte, die ich mir vornehme: mit ordentlicher Vorbereitung – oder dem, was ich in einer gewissen jugendlichen Naivität dafür hielt: Ich kaufte Bücher, weil ich noch glaubte, man könne aus Büchern etwas lernen. Monatelang studierte ich die Kataloge von Antiquariaten in ganz Europa und kaufte mir ein Sammelsurium alchemistischer Literatur zusammen. Die Antiquare hatten in mir einen dankbaren Abnehmer auch ihrer ältesten Ladenhüter.

Es wird niemanden erstaunen zu hören, dass dies zunächst das blanke Gegenteil des Goldmachens bedeutete:

Ein Vermögen zerfloss mir und zwang mich, in meinem Werktagsberuf als Bankier gewagte Einsätze zu platzieren und Klienten zu riskanten Spekulationsgeschäften zu überreden. Dies würde ich alles, redete ich mir ein, in Kürze kompensiert haben. Nachts las ich stundenlang in diesen verstaubten, müffelnden alten Schwarten, bis es mir vor den Augen flimmerte – und das war kein Goldglanz, leider, nur meine Gier, die in allerhand verlockenden Gestalten daherkam. Ich war unfähig, das Offensichtliche zu lesen, ich starrte auf die Winzigkeiten, wand mich zwischen den Zeilen, las die Wörter und Sätze rückwärts, gespiegelt, suchte nach Chiffren und versteckten Rätseln und fand – nichts. Dabei war doch jedes dieser Bücher, das in meine Hände gelangte, in einen Umschlag gewickelt, auf dem in riesigen Lettern stand: Was du suchst, steht nicht in diesem Buch. Aber ich sah es nicht.

Ganz und gar davon überzeugt davon, dass die Verfasser dieser Bücher es geschafft hatten, Gold zu machen, blieb ich dran, so besessen, wie der Dachshund in den Dachsbau einschließt. Wenn ich nur tief genug vorstieß in die labyrinthischen Gänge, hörte ich Raunen über einen »Urstoff«; so ziemlich das Einzige, was mir in all dieser Düsternis einleuchtete. Denn trotz allem, ein bisschen Logik regierte noch hinein in meinen freiflottierenden Verstand: Aus nichts entsteht nichts. Die Erschaffung aus dem Nichts ist ein göttliches Privileg; nicht einmal die verwegensten Alchemisten behaupteten, so etwas zu beherrschen. Doch welcher Art und Herkunft dieser »Urstoff«, auch *materia prima* genannt, sei – das sagten sie nicht. (Einige zählten auf, was es nicht sei – so schindet man Zeilen!) Warum schreibt ihr diese verflixten Bücher?, schrie ich, als ich alle gelesen hatte, verwandelt doch besser eure Tinte in Gold, als damit sinnlos Seite um Seite zuzuschmieren, wenn sie euch doch immer gerade dann zu Ende geht, wenn es interessant wird!

Für eine Weile wandte ich mich ab von den Büchern. Es musste doch möglich sein, einen Lehrmeister zu finden, der mich an die Hand nehmen, mich zu seinem Schüler machen würde. (Denn was wäre ein Meister ohne Jünger: ein erbärmlicher Spintisierer, seien wir offen.) So hatte ich das in allen meinen okkulten Orden und Gesellschaften erfahren, nur übersehen, dass es dort stets nur immaterielle Dinge – Erleuchtung, Weisheit – zu teilen gab, welche nichts kosten und unerschöpflich sind; wenn auch für die Mitgliedswürde ein geringer Beitrag aufzubringen ist und die Meister eine gelegentliche Spende gerne annehmen.

Gold machen – ganz andere Geschichte.

Da traf ich einen alten Schulkameraden wieder, auf die Art und Weise, die manche Menschen zufällig nennen. Nun, der »Zufall« steht so kurz vor dem Ende meines Wörterbuchs, dass er eigentlich schon in den Abgrund der Nichtwörter gefallen ist. Ich gebrauche dieses Wort nur mit äußerster Überwindung, aus Höflichkeit oder wenn ich keine Lust habe zu erklären, dass es keinen Zufall gibt, sondern nur mangelnden Einblick in die Verwicklungen der Kausalität: Wer mag, nenne es Vorsehung oder Schicksal oder Fügung.

So oder so, der Vater dieses Schulfreundes betrieb eine Glasschmelze außerhalb Prags, an einem Ort, den man noch heute Teufelsmühle nennt. Neuerdings, sagte mein Schulfreund und bat sich meine absolute Verschwiegenheit aus, sonst könne er nicht fortfahren, habe sein Vater einen Chemiker namens Kinski angestellt, der eine bisher völlig unbekannte – und skandalös billige – Methode ersonnen habe, Rubinglas zu erzeugen. Ich spitzte die Ohren: Rubinglas ist, wie man sich denken kann, von rubinroter Färbung. Dieses intensive, gar glühende Rot rührt vom Cassius'schen Purpur her, welcher unter Verwendung reinen Goldes erzeugt wird. Sofort vereinbare ich – hoffentlich wohldosiertes Interesse vorgebend – einen Besuch in der Teufelsmühle und erging mich anschließend – vollkommen geistesabwesend – mit dem Schulfreund in Pennäleranekdoten und Imitationen unserer Pauker. Ich dachte jedoch nur ans Goldmachen und an Gold, Gold, Gold.

Dieser Kinski! Als ich ihn zum ersten Mal sah, prallte ich entsetzt zurück: Hätte er so penetrant nach Schwefel gerochen statt, wie es der Fall war, nach Fusel, ich hätte gedacht: Das ist der leibhaftige Teufel. Dieser Kinski war ein grotesk verkrümmter Riese, sein Kinn mit der Brust verwachsen, Bart- und Brusthaar ineinander verwuchert. Er trug Lumpen, sprach kaum und wenn, dann roh und grob. Angetan mit einer brettharten, versudelten Lederschürze, wurde ich Zeuge, wie er eine gewöhnliche Glasschmelze herstellte. Sobald diese auf Temperatur war, holte er eine Art Pillendöschen aus der Tasche, schnipste den Deckel derselben auf, streute eine mokkalöffelgroße Menge eines grauen Pulvers auf seine Handfläche (in die er im Moment zuvor kräftig hineingespuckt hatte). Er wälzte den entstandenen Brei mit den Fingern zu einer matt glänzenden, perfekt runden Kugel und schleuderte diese unter Worten, die ich nicht verstand, in die Glasmasse.

Wir – der Freund, dessen Vater, Kinski und ich – standen noch für eine Minute in der Hitze des Glasbottichs. Mein Freund hatte mir erzählt, sein Vater habe dem Kinski schon einen Haufen Geld gegeben in der Hoffnung, bald das Rezept des grauen Pulvers zu erhalten, um endlich in die massenhafte Fertigung des Rubinglases einsteigen zu können. Bisher habe ihn der Riese stets vertröstet, sich regelmäßig bewusstlos gesoffen und dann, halbwegs nüchtern, wieder nur einen Fingerhut der kostbaren Substanz geliefert.

Ich behielt den Kinski scharf im Auge, während wir dastanden und auf das Wunder der Wandlung warteten (sinnlose Übung – es würde ohnehin nicht offenbar werden, bevor die Schmelze erkaltet wäre), aber noch genauer lauschte ich auf das, was er vor sich hin murmelte. Und – *ich schwöre* – es war:

»Gold ist Dreck, ihr alle sagt es täglich, aber wörtlich nehmt ihr's nicht, ihr Schafsköpfe.«

Zuerst hielt ich das für ein allgemeines Gebrabbel im Sinne von *vanitas vanitatum* – alles ist eitel, das Leben Blendwerk, solch hohe Reden aus Dichtermund (ich war damals noch kein Schriftsteller). Oder: Aus dem Mindersten das Teuerste. Die Alchemie hat es mit den Extremen. Wobei ich dies nicht als Alleinstellungsmerkmal der Alchemie erachte, sondern für ein allgemeines Funktionsprinzip des kapitalistischen Wirkens halte.

Weil es nichts weiter zu sehen gab, verließen wir dann den Raum, den der Vater meines Schulfreundes sorgsam verriegelte. Letzterer telefonierte mich am nächsten Tag an, um mir das Ergebnis des Experiments mitzuteilen: feinstes, tiefrotes Rubinglas. Ich hörte nur zerstreut hin, denn ich war bereits wieder in einem meiner Bücher versunken, dessen unerhörten Titel man im Ganzen wenigstens einmal buchstabiert haben sollte:

DER UNTERWIESENE ANFÄNGER IN DER CHYMIE.
HERMETISCHES SENDSCHREIBEN
VON COMITE FRANCISCO ONUPHRIO DE MARSCIANO
AN SEINEN AUSERWEHLTEN SCHÜLER IN DER KUNST
ÜBERSCHICKET:
ANNO 1744 ZU CÖLN AUF KOSTEN DIESES SEINES
SCHÜLERS GEDRUCKET
ZUM NUTZEN DERER LIEBHABER DER CHYMIE

Dieses Werk – wie all die anderen – hatte ich mehrfach vor- und rückwärts gelesen. Und dennoch. Die wichtigste Stelle achtlos überblättert. Vielleicht aus Übermüdung, aus Schlampigkeit oder aus einem uneingestandenen Widerwillen. Denn – endlich hatte ich es herausgefunden – bei der *materia prima* des Onuphrius de Marsciano handelte es sich um etwas, das am Ende eines natürlichen Prozesses steht; etwas, das hinten herauskommt – menschliches oder tierisches Exkrement. Dies war nicht einfachhin übereinzubringen mit der Behauptung des Onuphrius: »Unsere *materia prima* ist gelb wie Butter, riecht himmlisch und schmeckt süß wie Manna.« Dies, dachte ich, werden wenige Menschen imstande sein, über ihre *materia prima* zu sagen.

Hier war ich allerdings erst einmal blockiert, denn der Conte Marsciano hatte nach seiner überaus poetischen Mitteilung zur Natur des Urstoffs noch allerlei Absätze an Nichtigkeiten angehängt – und den Rest seiner Weisheit in einen zweiten Band ausgelagert, den ich nicht besaß. Wiederum jagte ich Sendschreiben hinaus an die Antiquare der Welt: ohne Erfolg. Ich war schwer versucht, den fürchterlichen Kinski zu befragen, der aber entzog sich meiner Wissbegier: Man fand ihn stocksteif gefroren in einem Prager Park, umgeben von einigen leeren Schnapsflaschen.

Vater und Sohn durchsuchten darauf alle irdischen Besitztümer des Verblichenen auf das Genaueste – vor allem die Alchemistenküche, die er in einem Verschlag neben der Fabrik betrieben hatte –, fanden das Pulver jedoch nicht. Somit besiegelte das Ende Kinskis auch den Untergang der Fabrik. Ich war kaum weniger verzweifelt. Mir war, so dachte ich, kurz vor dem Ziel die Tür vor der Nase zugeschlagen worden.

Da hatte ich wieder Glück. In einem italienischen Buchauktionskatalog fand ich den ersehnten zweiten Band des Marsciano annonciert. So schnell war ich noch nie auf dem Telegraphenamt:

KAUFEN – PREIS SPIELT KEINE ROLLE

kabelte ich. Was der Auktionator wörtlich nahm. Sei's drum, dachte ich, als ich es endlich in den Händen hielt, ich würde ja Gold machen.

Der Marsciano enthüllte mir nun wortreich und wolkig sein unappetitliches Geheimnis. Es gebe nämlich zwei Sorten dieses (menschlichen) Urstoffs: *materia prima proxima* und *materia prima remota*. Erstere die naheliegende, nahezu unbegrenzt verfügbare, zweitere die entfernte und natürlich schwieriger zu erlangende, weil man sie nur noch in uralten Kloaken finde, wo sie durch einen langen Verwitterungsprozess in diesen mannagleichen, gelb-buttrigen und duftenden Zustand übergegangen sei. Und nur mit dieser *materia prima remota* gelänge die Goldmacherei. Sappralot, fluche ich, woher nehmen? Warum immer diese elenden Komplikationen? Ich konnte ja wohl kaum durch die Lande reisen und allerorten die Abortdeckel lüpfen. Für eine Weile ließ ich die Sache sein, kümmerte mich wieder um mein schwer ins Schlingern geratenes Bankgeschäft: Ich wollte ja nicht enden wie der Glasfabrikant.

Da trat wieder ein Glücksfall ein – zu den Pechfällen meines Lebens, die ebenfalls in großer Zahl einschlugen, an anderer Stelle –, denn die weisen Herren Prags gaben Auftrag, das heruntergekommene jüdische Ghetto, die Josefstadt, abzureißen und neu aufzubauen, und dabei auch die Stadthygiene auf den neuesten Stand der Wissenschaften und der Tiefbaukunst zu bringen. Es taten sich schauerliche Abgründe in den Straßen und Plätzen auf, die ein jeder nach Möglichkeit vermied – bis auf einen Adepten der Alchemie, der alsbald mehr als einen Kanalwerker zu seinen Freunden zählte. Um dem Gestank zu trotzen, gewöhnte ich mir an, etwas kampferhaltige Rasiercreme in meinen Schnurrbart zu massieren, bevor ich auf Erkundung ging.

Eines Abends – ich kam von einer bedeutenden Festivität des Ruderclubs, und die Ruderorden klingelten an meiner Brust – versperrte mir eine neu aufgetane Grube den Weg; um ein Haar wäre ich hineingestürzt. Ich ließ einen empörten Ausruf hören und war erstaunt, als eine Stimme heraufdrang, dann ein Lichtlein erschien, das zu der Laterne gehörte, die der Kanalwerker auf der Stirn trug. Er salutierte, als er alle meine Orden sah, hielt mich wohl für einen

Militär – es war düster – und entschuldigte sich für die mangelhafte Grubensicherung, was er jedoch gleich nachholen wolle. Diesen Herrn kannte ich noch nicht; ich stellte sofort die Frage nach dem »Urstoff«, beschrieb ihn mit den Worten des Onuphrius de Marsciano. Ob er diesem dort unten je begegnet sei – dem Stoffe, nicht dem Conte.

Der Herr der Unterwelt zuckte mit keiner Wimper, sagte: »Einen Stoff kenne ich nicht, aber einen Dreck. Kommt sehr selten vor. Ganz kurios. Wenn man gut Obacht gibt, kann man ihn finden. Soll Glück bringen.«

Ich hätte ihn umarmen mögen, spießte dann doch lieber eine respektable Guldennote auf meine Stockspitze und eine Visitenkarte dazu. Wenn er fündig geworden sei, könne er jederzeit – wiederhole: – jederzeit – bei mir erscheinen und das Gesuchte in ein reichliches Trinkgeld umtauschen. Gerade dass ich nicht sagte, ich würde es mit Gold aufwiegen.

Wieder wartete ich Monate, wieder gab ich alle Hoffnung auf – fast. Ich saß mit zwei Damen der besseren Vorstadtgesellschaft in meinem Bankierscomptoir, empfahl ihnen gerade wärmstens die Anteilsscheine der *Vicus Bohemia Actiengesellschaft in Gründung*, da erschien mein Unterweltler in der Tür, durchaus reinlich gekleidet, mit einem Kübel in der Hand. In vorsichtiger Neugier näherte ich mich, die Damen auf meinen Fersen. Aber hui – wie sie Rocksaum und Schirmchen packten und aus dem Büro stürmten, als der Mann den Eimerdeckel lüftete. Einen faustgroßen Batzen hatte er mir mitgebracht, ungeputzt im Originalzustand, damit ich sähe, dass er echt sei. Ich gab ihm Geld und verzog mich in das kleine Labor, das ich in einem Hinterzimmer des Bankgeschäfts eingerichtet hatte.

Das Lehrbuch des Marsciano verlangt, die *materia prima remota* im Erlenmeyerkolben mit locker aufgesetztem Stopfen über mehrere Wochen hinweg behutsam zu wärmen, schweigt sich über den genauen Temperaturgrad jedoch aus – ich entschied mich für etwas über Körpertemperatur. In der Tat traten alle beschriebenen Farbeffekte ein, zeitweise schillerte das Zeug wie ein Pfauenrad. Geruchlich entwickelte es sich nicht gerade widerwärtig, aber die sieben Wohlgerüche Arabiens stiegen auch nicht auf. Zum hundertsten Male in Gedanken versunken stand ich vor dem Kolben, als dieser explodierte und mir die Masse ins Gesicht schleuderte. Einmal noch wiederholte ich das Experiment, diesmal mit offenem Erlenmeyer, und wieder ging die Masse hoch, just als ich nach dem Stand sehen wollte. Damit war der Vorrat an »Urstoff« aufgebraucht. Von Gold weit und breit auch nicht die allerwinzigste Spur. Ich schwankte zwischen Erleichterung und Wut. Erleichterung, weil die Zweifel an der ganzen Prozedur doch nie ganz von mir gewichen waren. Wut, weil ich das Gold – Geld – brauchte. So ergriff ich den Marsciano, Band eins, mit beiden Händen und hämmerte auf die Reste des Experiments ein, dass die Splitter nur so flogen. Ich plumpste erschöpft in einen Sessel, das Buch noch fest umklammert; mein Blick traf das Titelblatt. Da, bisher unbeachtet, stand in kleinen Buchstaben ein Spruch aus dem Buch Hiob. Und mit einem Mal war mir, als lachte der Conte Marsciano lauthals aus dem Buch heraus:

Gold und edles Glas kann man der Weisheit Gottes nicht gleichachten noch sie eintauschen um güldnes Kleinod.

Jedenfalls habe ich nie wieder versucht, Gold zu machen. Oder doch? Ich würde es nicht sagen. Ob meine Geschichte zur Warnung oder zum Ansporn dienen soll, mag jeder für sich entscheiden.

Wie kam ich überhaupt darauf?

Richtig: Es wollte mir wieder einmal nichts gelingen mit dem Freimaurerroman, da entsann ich mich der Kunst des Goldmachens, weil ich sah, wie wenig die beiden Künste trennt: Man nimmt Dreck und erzeugt daraus einen Gegenstand von Wert. Das mit dem »Dreck« sollte man jedoch nicht allzu wörtlich nehmen; auch muss dieser Dreck nicht riechen wie der von mir zum Goldmachen erwählte. »Dreck« stehe hier stellvertretend für das kleine, unbedeutende, verworfene, unbeachtete, flüchtige, nichtige stoffliche oder unstoffliche Etwas, dasjenige, welches den Anfang macht, etwas, das die meisten anderen übersehen. Eine Idee, beispielsweise.

Ein anderes ist eine seltsame Doppelung im Lauf der Zeiten, die mich ebenfalls an die Kunst des Goldmachens erinnert: Ein gewisser Adolf Helfferich, der Mitte des 19. Jahrhunderts unter dem Titel *Die neuere Naturwissenschaft, ihre Ergebnisse und Aussichten* die Alchemie pries, hat dieser Tage einen nachnamensgleichen Wiedergänger in der Person des Staatssekretärs im Reichsschatzamt Karl Helfferich gefunden. Dem gelang durch massenhafte Ausgabe von Anleihen die Verwandlung von Papier in Gold. Wir müssen den Krieg gewinnen – sonst ist das alles verloren. Wenn aber das Reich den Krieg verliert, wird die ganze Wut derer, die ihr Erspartes für Kriegsanleihen gaben, über den Freimaurern niedergehen.

Recherchenotiz

[Wegen Entlassung K. Eisner aus der Untersuchungshaft München-Stadelheim; Bundesarchiv (SAPMO-BArch NY 4060/23); Entwurf von Eisner für seinen Rechtsanwalt, 9. Juli 1918]

Ich beantrage die sofortige Entlassung Kurt Eisners aus der Untersuchungshaft. Jeder Fluchtverdacht ist nach der ganzen Persönlichkeit des Verhafteten, der sich in seinem langen öffentlichen Leben niemals der Verantwortung entzogen hat, ausgeschlossen.
Inzwischen haben die Ereignisse den Besorgnissen und den Absichten Kurt Eisners vollkommen recht gegeben. Deutschland ist heute völlig isoliert.
Hätte der Streik den beabsichtigten Umfang und Erfolg gehabt, so wäre er zur Rettung Deutschlands und der Menschheit geworden.
Kurt Eisner hat mithin im höchsten Sinn patriotisch gehandelt, und es verdient allgemein Anerkennung statt Verfolgung, Anklage und Kerker.

Vorschuss

Eine Woche nach seiner Rückkehr von Berlin hat Meyrink weder irgendetwas geschrieben noch das im *Haus zur letzten Latern* eingetroffene Material angerührt, nicht einmal den Deckel der Kiste geöffnet. Zwar hatte er bereits im Zugabteil das Notizbuch herausgeholt und die mit

FREIMAURERROMAN

überschriebene Seite aufgeschlagen, in der Erwartung, einige der in seinem Kopf herumfliegenden Gedanken würden sich nun auf dem Papier materialisieren, so wie ein aufgescheuchter Schwarm Krähen sich alsbald wieder auf dem Acker niederlässt. Taten sie aber nicht; im Gegenteil, je größer der Abstand von Berlin wurde, desto seltsamer und ungreifbarer erschien ihm die ganze Angelegenheit.

Und endlich in Starnberg angekommen, entschließt er sich, erst einmal das Eintreffen des Vorschusses auf seinem Konto abzuwarten, bevor er auch nur einen Finger rührt. An der Bereitschaft, Bücher und Broschüren durchs Land zu schicken, daran allein mag er die Ernsthaftigkeit der Herren vom Auswärtigen Amt nicht messen: Wer zahlt, schafft an, aber wer anschaffen will, muss auch zahlen. Gezahlt haben.

Am neunten Tag nach seiner Rückkehr bestätigt ein

morgendlicher Besuch auf der Bank den Eingang des Vorschusses in vereinbarter Höhe. Kimmerle, der Bankvorstand, winkt vom Büro her und zwinkert ihm sogar zu, auf eine unverschämte, aufdringliche Weise. Vielleicht ist er nun in der Achtung Kimmerles gestiegen. Reichsbank und Auswärtiges Amt, Nachrichtenabteilung als Absender, das dürfte einen gewissen Eindruck gemacht haben, das Kontokorrent sicher.

Und weil dies ein ungewöhnlich schöner Vorfrühlings- oder Spätwintertag ist – je nachdem, wie man es betrachten will –, holt er das Ruderboot heraus und geht auf die große Runde. Nach wenigen Schlägen ist er eins mit dem Boot und dem See. Sobald die Muskeln warm sind, stellt sich der Rhythmus der Langstrecke ein. Ausheben, flachdrehen, abdrehen, aufdrehen, einsetzen, Beinstoß, Armzug, Endzug. Ausheben, flachdrehen, abdrehen, aufdrehen … einatmen, ausatmen.

Am Umkehrpunkt legt er eine Rast ein und versucht seine Gedanken auf den Freimaurerroman zu lenken, aber es gelingt ihm nicht. Denn innerlich hat er den Vorschuss längst schon in Aufschub umgerechnet: Es bleiben noch viele Tage, in denen das Projekt gedanklich reifen kann. Überdies hat er das überlassene Material zu studieren. Bei Gelegenheit. Die Reifung ist von Bedeutung; es dann aufzuschreiben – keine große Sache – mehr eine Art Abschreiben von sich selbst.

Im Amt indes ist man weniger entspannt. Man drängelt. Etwa vier Wochen nach seiner Berlinreise erhält Meyrink ein Päckchen, dem Format und Gewicht nach ein Buch. Nachdem er sich denken kann, was von Hahn will, lässt er es eine Woche liegen.

Ich, Bankier

Das Eintreffen des Vorschusses für den Freimaurerroman hatte den Effekt, den Geld in größeren Mengen immer auf mich gemacht hat: Es lähmt und mobilisiert zugleich. Geld ins Sparbüchslein zu stecken und ansonsten frohgemut weiter zu *roboten,* wie meine tschechischen Nachbarn damals in Prag sagten, ist nicht meine Sache. Ich sehe es eher wie die Tankfüllung des Automobils: Wenn diese nach vergnügter Reise erschöpft ist, muss man eben schieben – aber keinen Meter früher. Das wird wohl auch der Grund gewesen sein, warum ich mich als junger Mensch entschied, Bankier zu werden.

Um ein Bankgeschäft zu gründen, brauchte es im alten Prag nur ein paar Dokumente und etwas Geld. Das Geld besaß ich – mit meiner Volljährigkeit fiel mir das vom Herrn Papa angelegte Kapital endlich zu –, mein Partner Johann David Morgenstern, ein paar Jahre älter als ich, brachte Erfahrungen im Bankwesen ein (hätte ich gewusst, welcher Art diese Erfahrungen waren, hätte ich einen anderen Partner erwählt).

Ich hatte zwar die Prager Handelsakademie absolviert, weswegen ich mich bei passender Gelegenheit als Kaufmann ausgab, ansonsten hatte ich jedoch zugegebenermaßen wenig Ahnung von der Welt des Handels. Und nicht allzu viel

Lust, durch Praxis mehr Einblick zu erwerben, im Gegenteil: Das Arbeiten habe ich von früher Jugend an geradezu gehasst. Soll das doch das Geld tun, dachte ich, darin ist es geübt, denn Geld ist doch so etwas wie geronnene Arbeit. Oder studieren – wozu? Ich war lange genug in den Schulen gewesen, in München, in Hamburg, in Prag, mit wechselndem, selten hervorragendem Erfolg.

Noch widerwärtiger empfand ich allerdings die Vorstellung, Militärdienst zu leisten: Lernen mit vorsätzlich abgeschaltetem Gehirn; wozu sollte das denn gut sein? Als bayerischer Staatsbürger musste ich zu einer Kommission nach München reisen. Dank einiger Atteste, die ich besorgt hatte, trat ich vor die Herren Militärärzte als dienstunfähiger Kranker – und kehrte heim als der Gesunde, der Prag verlassen hatte: mit zwei zugewonnenen Jahren und einem Horizont so weit, dass er schier endlos schien.

Mit neunzehn war ich ein junger Mann mit Vermögen, das durch wundersame Selbstvermehrung im Bankhaus noch anwachsen würde, ein junger Mann mit einer ausgeprägten Begabung zum Zeitvertreib – Rudersport, Schach, Pokerspiel, Reiten, Fechten, Pistolenschießen, Gesellschaften – und mit einer unbändigen Freude am Ausstaffieren meiner werdenden Person. Ich stilisierte mich in Kleidung und Gehabe zu einem stadtbekannten Dandy – oder, wie man in Altösterreich sagte: zu einem Gigerl.

Wir firmierten als BANK- UND WECHSLERGESCHÄFT MEYER & MORGENSTERN, wir warben mit einer direkten Telefonverbindung nach Wien, wir boten Kauf, Verkauf und Umtausch in- und ausländischer Wertpapiere an, empfahlen uns für Börsenaufträge, anlageorientiert oder spekulativ, Letzteres auch auf fallende Kurse (eine Spezialität Morgensterns) – und das alles natürlich zu *coulantesten Bedingungen*. Mein Kompagnon Morgenstern verfügte jedoch noch über andere Spezialitäten. Er, der in einem anderen Bankhaus bereits die Kniffe und Abkürzungen des Metiers kennengelernt hatte, nutzte meine Unerfahrenheit aus. Zwar hatte ich in vielen Geschäftsfällen ein hervorragendes Gespür bewiesen, aber Morgenstern fand die Wege, den Ruhm auf sich zu leiten und vor allem den allergrößten Teil des Ertrags in seine Taschen zu lenken.

Leider blieb mir das anfangs verborgen. Vielleicht auch deswegen, weil ich es mit meiner Anwesenheit im Kontor nicht übertrieb und meinen anderen Berufungen oblag. Herrgott! Es gab so viel zu tun, nicht nur Arbeit. Morgenstern blieb immer bis zum Abend – was es ihm auch leichter gemacht haben dürfte, seine Machenschaften zu verschleiern. Nicht auf Dauer: Nach etwas über drei Jahren erschien mir die Auflösung von Meyer & Morgenstern unausweichlich. Da wir beide beabsichtigten, im Bankgewerbe zu bleiben, einigten wir uns zähneknirschend »einvernehmlich«, um nicht in der Prager Öffentlichkeit als verkrachte Bankiers dazustehen. Wir hätten beide zu verlieren gehabt: Das Persil, um Morgensterns besudelte Weste reinzuwaschen, war noch nicht erfunden. Und dass er mich dermaßen hinübergehoben hatte – mein gesamtes Kapital war natürlich *perdu* –, empfahl mich meinen künftigen Kunden nun auch nicht. Er behielt das alte Geschäftslokal, ich musste ausziehen.

Für gescheitert hielt ich mich nicht – nur für etwas gescheiter. Beispielsweise wusste ich nun, warum man Geldschein sagt. Es kommt auf den Schein an – entsprechend nobel stattete ich mein neues Lokal aus, das ich an einer der besten Prager Adressen etablierte: in einem Palais direkt am Wenzelsplatz. *Ausnützung von Kurs-Schwankungen* lautete nun der annoncierte Geschäftszweck. Alles andere – Wechselei, Kommissionen, Wertpapierverkauf etc. – verhieß nur Kleinvieh, das nicht genug Mist machte. Ich ließ mir einen mordsmäßigen Kaiser-Franz-Joseph-Bart stehen. So – hinter einem imperialen Schreibtisch sitzend – gewährte ich meiner Klientel Audienzen; sie kamen als Bittsteller, deren Anliegen ich nachdenklich erwog und – meistens – huldvoll zur Erledigung anwies. Denn drei Angestellte hielt ich mir auch.

Ich muss sagen, dass ich trotz meiner Jugend eine ungemein scharfe Menschenkenntnis besaß und mit einiger Treffsicherheit Lüge von Wahrheit zu scheiden vermochte. Wer so jung wie ich in den Bankierberuf eintritt, liest sehr bald in den Herzen der Menschen wie in einem aufgeschlagenen Buch. Diese dienstliche Lektüre ist jedoch von gewisser Monotonie; meist steht dort »Hoffnung«, »Gier« oder ein anderes Wort, welches ein zumeist ungesundes Verlangen umschreibt. Ich sagte meist sehr wenig, wies nur in ruhigem Ton auf den spekulativen Charakter der Transaktionen hin. Dass niemand in die Zukunft sehen könne und Verluste immer möglich seien. Die Klienten konnten es gar nicht erwarten, dass ich mit diesen zur Bedachtsamkeit mahnenden Klauseln durch war, um alles vom Tisch zu fegen und energisch die Vervielfachung ihres Einsatzes zu fordern. Es ist nicht nötig, die Leute zu belügen, das besorgen sie schon selbst. Wenn überhaupt, dann liegt die Unterlassung darin, ihnen nichts auszureden.

Im Grunde war es nichts anderes als Goldmachen. Es basierte genauso auf großen Geheimnissen und Verschwiegenheit. Wir betreiben keine Sparkasse. Das Wohl meiner Klienten war mir nur insofern bedeutsam, als es meinen Wohlstand nährte und, vor allem gegen Ende meines Unternehmens, mir den Fortbestand für den nächsten Monat, die nächste Woche ermöglichte. Der Wohlstand der Klienten ist bestenfalls ein Nebeneffekt, erwünscht insofern, als kleinere, anfängliche Erfolge den Klienten gewöhnlich zu größeren und gewagteren Geschäften verleiten. Dies ist weder illegal noch illegitim.

Einige meiner Kollegen vom Fach betreiben das Spiel jedoch (so auch Morgenstern) zum ausschließlichen Schaden ihrer Klienten, indem sie das ihnen zur Vermehrung überlassene Depot exklusive für ihre eigenen Zwecke nutzen. Oft kauften sie nicht einmal die Papiere, die sie dem Klienten so warm empfohlen hatten. Gewinne, so sie solche erzielten, steckten sie in die eigene Tasche, bei Verlusten forderten sie von den Klienten unter Vorspiegelung falscher Angaben und mit neuen Versprechungen Depotzuschüsse. Nicht selten endete dies im Bankrott der Arglosen, die zudem, oft aus Scham, die Sache nicht vor Gericht brachten. – Selbstlosigkeit darf man kaum in einem Nonnenkloster erwarten; von seinem Bankier schon gar nicht.

Nun hatte ich keinen betrügerischen Partner mehr, aber die Kosten meines Kulissenbaus drückten gewaltig. Anfangs liefen die Geschäfte gut. Irgendwie – ohne mein Zutun – verbreitete sich die Auffassung, die meinige sei die erste »christliche Bankanstalt« Prags, was wohl einige verleitet hat, ihre Gulden oder Kronen zu mir zu tragen. Als ob sich ihr Geld in einer »jüdischen Bankanstalt« unwohl gefühlt hätte! Als ob Geld eine Religion hätte! Dass es eine sein kann, gebe ich sofort zu. Bald aber trockneten meine Prager Weidegründe aus, und ich musste tschechisch sprechende Mitarbeiter auf Akquise in die böhmische Provinz entsenden.

Die Dörfler und Kleinstädter tätigten minimale Abschlüsse und zeigten sich außerdem als äußerst prozessierfreudig, wenn das Ergebnis nicht nach ihren Vorstellungen ausgefallen war. Sie kamen weder in den Genuss des Anblicks meines Franz-Joseph-Barts noch meiner gediegenen Geschäftsräume. Möglicherweise deshalb haben meine Agenten, die nicht nur ein Monatssalär erhielten, sondern auch eine Provision für jeden abgeschlossenen Auftrag, in der Ausmalung des Bankgeschäftes Gustav Meyer und seines Direktors Gustav Meyer übertrieben.

Auf dem Umweg der polizeilichen Anzeige einer enttäuschten Klientin erfuhr ich, dass ich ein illegitimer Sohn König Ludwigs II. sei, dass über dem Sofa in meinem Comptoir ein Wappen der Wittelsbacher hänge und dass ich höchstpersönlich meine königliche Abstammung ausgeplaudert hätte; und zwar in der schändlichen Absicht, der Dame noch mehr Geld abzuknöpfen. Diese Sache verlief im Sande. Aber völlig zu Recht hätte ich meine Strafe erhalten, wenn ich so ausgesucht dämlich gewesen wäre, meine Bankiersqualitäten ausgerechnet über einen Herrn Papa herzuleiten, der für seine Verschwendungs- und Prunksucht bekannt war; von seiner geistigen Verfassung ganz zu schweigen.

Das Geschäft verschlechterte sich weiter. Ich entließ Mitarbeiter. Ich arbeitete sogar selbst. Ich suchte Entlastung in Nebengeschäften, wurde Alleinvertreter der *Rheinischen Motoren-Fabrik Benz & Co.* für Böhmen. Ich stieg in die Produktion und den Vertrieb von Gasglühstrümpfen ein. Wenn Letzteres nicht meine damalige Verzweiflung beschreibt – was dann?

Ich wurde krank, mein Rückenmark entzündete sich. Auch das schöne Geschäft am Wenzelsplatz musste ich aufgeben. Danach saß ich in einem düsteren Nebengässlein ohne Aussicht auf Sonnenschein oder irgendeine Besserung meiner Lage. So konnte ich auch nicht sehen, welche gewaltige Welle sich vor mir auftürmte, drauf und dran, mich und meine ganze bisherige Existenz wegzuwaschen.

Die Welle brach einen Tag vor meinem 33. Geburtstag. Schlag zwölf stürmten ein halbes Dutzend Polizisten durch die Vordertür (zwei kamen durch die hintere), nahmen mich fest, durchsuchten alles und schleppten mich auf die Wache, wo man mir Betrug vorwarf und mich drei Stunden lang einvernahm.

Die Prager Zeitungen jauchzten auf, als sie davon erfuhren, kippten die in Gerüchteküchen schnell angeheizten Suppenkessel, ohne abzuwägen oder abzuschmecken, in die Setzerei, um noch in der Sechs-Uhr-Ausgabe servieren zu können. Was muss an diesem Abend für ein behagliches Grunzen über den Tischen der besseren Prager Stadtgesellschaft aufgestoßen sein: Endlich hat's den Meyer erwischt, den Spiritisten, den Mystizisten, den Windhund, das Gigerl, den Luftbankier und Börsenspieler – ein Betrüger! Als hätten wir's nicht eh gewusst. Im Strafgericht einsitzend, erhielt ich die Blätter: eine vorgezogene Verurteilung.

Die Vergangenheit griff nach mir aus. Jene Dame, die in

mir den illegitimen Sohn Ludwigs II. zu sehen gewünscht hatte, hatte jahrelang über der – einst niedergeschlagenen – Sache gebrütet und sich jetzt entschlossen, es in Prag noch einmal zu versuchen. Warum? Eilfertige Beamte und eine verbreitete Stimmung gegen mich machten es ihr leicht. Man hielt mich drei Monate in Untersuchungshaft, weil man mir Fluchtabsichten unterstellte, man nahm mich in Sippenhaft mit einem gewissen Bankier Janisch, der nun wirklich gegen die Regeln verstoßen hatte. Dann ließen sie mich frei.

Das Verfahren wurde eingestellt. Kein Vorwurf war erwiesen worden; nicht jener der auslösenden Dame, nicht die der Denunzianten und Klageführer, die rasch aufs Trittbrett aufgesprungen waren. Niemand bat um Entschuldigung. Ich verließ das Inquisitenspital (wo ich die Haft wegen meines Rückenmarkleidens verbringen durfte). Den Zeitungen sandte ich Richtigstellungen. Wie rührend eigentlich: Die Lawine ist niedergegangen, alle Verwüstung angerichtet, und da schwingst du dein Schäufelchen der Richtigstellung, um die ganze erstickende Masse wegzuschaffen. Die *Bohemia* buchstabierte nicht einmal meinen Namen korrekt. Auch ein Grund, warum ich ihn loswerden wollte. Aber nicht nur den Namen: den Bankier Meyer ebenfalls.

※

Eine Nebenbemerkung:

Viele Male ist mein Bankgeschäft umgezogen, und jedes Mal musste ich Briefpapier drucken lassen – und jedes Mal ließ ich viel zu viel drucken, in Erwartung sensationeller Geschäftsentwicklung. Ich schreibe gerade darauf. Wenn ich ein neues Blatt aus dem Stapel ziehe, streiche ich den Briefkopf durch, denn der Bankier Gustav Meyer ist längst tot. Und hätte ich nicht dieses Briefpapier – ich zweifelte, dass er je existierte.

Recherchenotiz

[Richard Katz, *Wie aus einem Bankier ein Dichter wurde*, Der Morgen. *Wiener Montagsblatt,* 26. 2. 1917, Seiten 6 u 7:]

Und diese Zeit tiefster Verzweiflung [Untersuchungshaft, Krankheit, drohender Bankrott, …], *diese Häufung schwersten Erlebens weckte seine Kunst. Ihm, dem die Tat nutzlos zerbrochen war, gelang das Wort.* Es ist wohl so, *dass die Veranlagung zum Dichter vom Leben geweckt werden muss, um wirken zu können, dass hartes Erleben das Gold der poetischen Begabung polieren muss, damit es für die anderen glänzt.*

Recherchenotiz

[Nachlass von Carlo Mor von Weber: *Mena Meyrink zum 90. Geburtstag*, Monacensia München, (Signatur M 119); diese Aussage wird Mena Meyrink zugeschrieben:]

Der Gustl war ja ein Finanztrottel. Und wenn er Geld gehabt hätte, hätte er nicht geschrieben.

[ebd., *Anekdotisches Allerlei*]

»Fleiß ist die Wurzel aller Hässlichkeit«, war Meyrinks Devise, »wenn ich den Metzger und den Kohlenhändler nicht am Halse hätte, ich würde keine Zeile schreiben«, sagte er.

Recherchenotiz

[Akten des Bundesarchivs. Signatur R901/71465, Blatt 17 u. 18]
Auswärtiges Amt Berlin / Nachrichten-Abteilung, e. o. A. N. Z. Nr. 6864

Sehr geehrter Herr Meyrink,
Ich sende Ihnen hiermit ein Buch, das vielleicht für Ihren Roman für Sie Interesse hat. Diese Preisarbeiten der Großloge für Deutschland zeigen jedenfalls, in welchen verschwommenen Utopien bar jeder Menschen- und Weltkenntnis und jeden politischen Instinkts die deutsche Freimaurerei sich bewegt, während die romanische und anglikanische mit nüchterner Berechnung politische Arbeit verrichtet. Ich wäre Ihnen für alsbaldige Rücksendung des Buches dankbar und würde es mit Freuden begrüßen, wenn Sie mir bei dieser Gelegenheit mit zwei Worten sagen könnten, wie es mit dem Roman steht.
Mit vorzüglichster Hochachtung

[Bleistift: gez. v. Hahn]

Zwei Worte?

Zwei Worte?
Nicht fertig.
Nicht angefangen.
Keine Ahnung.
Wohin das.
Führen soll.

Das »Buch«, das von Hahn ihm freundlicherweise überlässt, ist ein hektographiertes Typoskript. Die Herren Plotke, Jerusalem, Lewy, Elbogen, Seber und Golde lassen sich darin über die »Friedenspflichten des Einzelnen« aus. Preis- und Fleißarbeiten, ausgeschrieben von der Freimaurer-Großloge von Deutschland, denkt Meyrink etwas herablassend – bis ihm einfällt, dass auch er sich in eine Preis- und Fleißarbeit verstrickt hat.

Er macht einmal Daumenkino mit dem Stoß zusammengehefteter Blätter und geht dann an den Schreibtisch, um die Antwort an Hahn aufzusetzen. Solche Dinge hat er gerne schnell vom Tisch, damit ist Zeit gekauft. Einwerfen wird er den Brief jedoch erst einige Tage später: Wie sollte er sonst dem Hahn das Selbstverständliche verständlich machen, nämlich dass er sich ernsthaft mit diesen Preisschriften auseinandergesetzt habe (die er gewiss nicht lesen wird)? Nein, so schnell schießen selbst die Preußen nicht. Schreiben ist ein langwieriger Filtrationsprozess. Diese Leute machen sich keine richtige Vorstellung davon. Sie denken, man nimmt einen Suppenwürfel (Handlung, Figuren, Schauplätze getreu dem Rezeptbuch ins Format gepresst) und gießt etwas kochendes Wasser (Genius) auf – und fertig! Besser, es sich folgendermaßen vorzustellen: Welche Wege müssen all die Wassertropfen zurücklegen, die an einem Spalt am Höhlendach austreten, auf den Punkt genau fallen und zum Aufwuchs eines Stalagmiten beitragen? So ist es auch mit den Gedanken: Sie reisen auf verschlungensten Pfaden, und falls sie zur richtigen Zeit am richtigen Ort eintreffen, lassen sie sich durch allerhand Alchemie in Worte und Sätze verwandeln, zu dem Faden spinnen, der zu einem Text verwoben wird. In der Finsternis und Stille einer Höhle entstehen die absonderlichsten Tropfsteingestalten, und im wunderlichen Schädel des Schriftstellers Romane. Aber das muss er dem Hahn ja nicht so sagen. Auch nicht, dass er sehr wünschte, er hätte einen Freimaurer-Suppenwürfel; am aufrührenden Genius würde es dann sicher nicht fehlen.

Recherchenotiz

[Abschrift eines Briefes von Gustav Meyrink an Legationsrat von Hahn; Bundesarchiv Berlin-Lichterfelde, Signatur R901/71465]
Sehr verehrter Herr Legationsrat!
[...]
Das Freimaurerpreisbuch reizt einen beinahe, es abzuschreiben und als Groteske neu herauszugeben. Aus allen möglichen Quellen fließen mir fast täglich die interessantesten Einzelheiten über Maurerei zu, so dass ich kaum weiß, wie ich das ungeheure Material in einem Band werde zusammendrängen können.
Dazu muss noch all das kommen, was Sie, sehr geehrter Herr Legationsrat, mir durchs Presse-Archiv bereithalten zu lassen so liebenswürdig sind. In ca. 2 Monaten werde ich noch einmal nach Berlin fahren, um diesbezüglich einige Fragen zu stellen. [...]

See

Ah, der Frühling am See.
Die Armeen des Deutschen Reichs beginnen die erste Offensive des Jahres.

Erich Mühsam ist in Traunstein interniert und träumt von der Revolution.

Kurt Eisner sitzt im Untersuchungsgefängnis und bereitet sich auf die Revolution vor.

Gustav Meyrink jedoch steigt jeden Morgen in das Yogazimmer unter dem Dach und grüßt die Sonne, sobald sie am anderen Ufer aufsteigt. Er richtet seine Tage nach ihrem Lauf ein, wiewohl man sie nicht oft zu sehen bekommt in diesem Frühjahr. Im Mai erfriert die Obstblüte, Anfang Juni liegt eines Morgens Schnee auf dem Bootssteg. Im Januar ist der Rheinfall bei Schaffhausen in Eis gepanzert gewesen, seitdem ist es nass und kalt und nass und kalt weitergegangen. Es ist, als traute sich das Jahr nicht so recht hervor, als fühlte es sich unwohl im Kalender, wenn es mit jedem neuen Tag doch nur die Bühne bereitmachen muss für weitere Gemetzel an der Front und für Hunger und Trübsinn im Land.

Die glücklichen Menschen vom Starnberger Seeufer aber haben es – wie stets – ein wenig besser, wenn der Föhn von den Alpen her weht, den Blick weitet und etwas Licht und

Wärme bringt. Und Kopfweh und Gereiztheit, aber was ist das im Vergleich zu Leid und Qual rundum.

Sein Besuch beim Auswärtigen Amt ist lang her. Der zweite, brieflich angekündigte auf unbestimmte Zeit verschoben. An Hahn schrieb er: *Bin mit dem zur Verfügung gestellten Material bestens ausgelastet. Arbeit geht planmäßig voran.*

Die Bücher, Hefte und Zeitungsausschnitte aus der Freimaurerkiste hat Meyrink inzwischen auf ein Regalbrett in seinem Schreibzimmer gestellt, und selbst das kostete Überwindung. Ganze Jahrgänge der *Bauhütte,* des *Dresdner Logenblatts,* der *Freimaurerzeitung.* Ein mittlerer Stapel Verschwörungsliteratur, in denen Freimaurern alles Mögliche zugeschrieben wird. Vom Verrat an der deutschen Sache im Dritten Napoleonischen Krieg bis zur Hamburger Cholera-Epidemie im Jahre 1892.

In manchen dieser Werke hat er geblättert, in einigen sogar gelesen. Die Jesuiten seien Freimaurer, erfährt er da, der Orden sei unterwandert von talmudischen Juden, die zum Katholizismus konvertiert hätten, um so ihre ersehnte neue Weltordnung herbeizuführen. Illuminaten seien ebenfalls irgendwie beteiligt – in der Spielart der babylonischen Talmudisten.

Der Schädel könnte einem platzen, ließe man sich darauf ein. Und wie besessen diese Bücher machen können, sieht er an den fetten, ins Papier gepressten Unterstreichungen in Rotstift, den Bündeln von Ausrufezeichen an den Seitenrändern, den erregt eingekritzelten Bemerkungen, unleserlich und fahrig. Die Ecken sind verfärbt und aufgeworfen, von speichelbenetzten Fingern, vom hastigen Umblättern. Stoff für einen Kriminalroman, denkt Meyrink: Man müsste nur die Ecken mit einem potenten Gift präparieren. Nie käme jemand darauf. Totgelesen! Denn normalerweise erledigen Bücher das, indem sie langweilen. Jedenfalls nimmt er sich vor, diese so oder so giftigen Bücher nur noch mit dünnen Baumwollhandschuhen anzufassen.

Der Sommer am See ist nicht besser als der Frühling. Es will nie richtig warm werden. Die deutsche Heeresführung beginnt die fünfte und letzte Offensive des Jahres. Sie dauert drei Tage. Dann treibt die Entente die Deutschen zurück.

Wenn Meyrink die in den Zeitungen abgedruckten Frontkarten studiert – er tut dies bei seinen gelegentlichen Ausflügen in die Stadt –, erkennt er keine Unterschiede. Hier fünf Millimeter vor, da vier Millimeter zurück. Im Stefanie und im Café Luitpold ist die Stimmung trübe. Meyrink erzählt Gruselgeschichten aus Prag, niemand will Heiteres hören. Den Mühsam vermisst er in diesen Runden. Nicht so sehr als Schachpartner (in dieser Kunst ist er von überschaubaren Fertigkeiten), aber als politisch denkenden Dichter. Er hätte ihm wohl bestätigt, was Meyrink zu sehen glaubt: Diese Armee ist am Ende ihrer Kräfte. Was bedeutet: Die Zeit wird knapp. Für ihn.

Meyrink versucht es ja. Immer wieder nimmt er Anläufe. Meistens dann, wenn Mena ihn aufgestachelt hat. Wie ist's denn nun mit dem Freimaurerroman? Sie will noch immer nicht, dass er den Roman schreibt, und sie weiß, je mehr sie ihren Gustl drängt, desto größer wird sein Widerwille. Und es ist ja auch nicht so, als wäre da noch nichts entstanden.

Manchmal nachts, meist nach Mitternacht, liegt er wach, oder auf der Schwelle zum Traum, da sieht er die Freimaurer aller Nationen, wie sie in ihren Schürzen an dicken Eichentischen hocken und die Köpfe zusammenstecken, Briefe in Geheimschrift austauschen; und wie sie dann heimkehren in ihre über den Wolken schwebenden Schaltzentralen, die aussehen wie Elektrizitätswerke oder Maschinenkathedralen. Sie legen gewaltige Hebel um, Kontrolllampen blinken, Funken springen herum wie wütige Kobolde, und durch dickwandige Glasluken – nein, riesige Lupengläser, die in den Böden der Zentralen eingelassen sind – sehen sie zu, wie drunten auf der Erde die Königspaläste in Trümmer fallen, die Massen aufstehen, das Chaos ausbricht, und als Silberstreif am Horizont die freimaurerische Weltregierung … dies, mit kleinen Abweichungen, immer wieder.

Sosehr er sich auch anstrengt, leider kann er nie verstehen, was die Maurer einander zuflüstern. Bloß, ohne die Worte geht es nicht, ohne Worte kein Warum und ohne Warum keine Schuld. Einen Film sollte man daraus machen, Film ist stumm, Film ist dumm. Da genügen düstere Kulissen, ein paar Grimassen, etwas Gestikulieren – Schnitt – Zwischentitel: »*Der Meister vom Stuhl der Großloge befiehlt die Zerstörung Berlins*« – dumpfes Paukengrollen vom Stummfilmorchester. Anschließend: Zerstörung Berlins, Händeringen bei den armen Berlinern, Händereiben bei den Freimaurern, offene Münder und Empörung im Publikum: Vermaledeite Freimaurer!

Er sollte es dem Hahn vorschlagen. Wäre ja auch viel moderner.

Nur, wenn er vor dem Regal steht, ist das alles weg. All

diese in Papier fixierten Fakten – oder besser, der Unsinn, der da frech als Fakt posiert – legen seiner Vorstellungskraft Ketten an. Wenn es mit dem Freimaurerroman etwas werden soll, dann müssen diese Bücher, Pamphlete, das ganze Zeug wieder in die Kiste. Die Wahrheit über die Kriegsschuld darf nicht als Lumpenpuppe daherkommen, der man ansieht, aus welchen Fetzen sie zusammengenäht ist; man darf das knisternde Stroh nicht fühlen, das ihren Leib prall macht; und sollte man dies übersehen haben, dann wird man ihr das aufgemalte grelle Lächeln nicht abnehmen, so wenig wie den treuherzigen Augenaufschlag unter falschen Wimpern. Was nicht bedeutet, dass die Wahrheit schön sein muss.

An einem Spätsommerabend sagt er zu Mena: »Ich werde den Golem neu erschaffen müssen.«

Worauf Mena sagt: »Du bist nicht der Rabbi Löw.«

»Dann nehme ich den alten und lege ihm nur einen neuen Zettel in den Mund.«

Recherchenotiz

[Brief handschriftlich, Gustav Meyrink an Hahn, Juni 1918 (Bundesarchiv, Akt RN 71465)]
Sehr verehrter Herr Legationsrat!

Während der Arbeit an dem Roman kam mir der Einfall, dass es eigentlich sehr wirksam sein müsste, das gewisse Freimaurer-Thema, wenn auch in entsprechend veränderter Form, für einen Film zu verarbeiten.
[…]
Heute bin ich sicher, dass sich aus dem Stoff eines der wirksamsten Kinostücke, die es je gegeben hat, machen lässt. Die Zwecke, die das Buch verfolgt, sind im Film den breiten Massen gegenüber noch hundertmal besser erreicht worden. Zumal ich im Film viel mehr internationale Persönlichkeiten (Wilson, Sonnino etc.) bringen kann, als es mir im Buch möglich wäre, ohne langweilig zu werden.
Ich denke mir die Sache so, dass zuerst das Buch herauskommt und dann mitten ins Kritikergebell hinein der Film platzt.

Spätsommertag

An einem schönen Spätsommertag lenkt Meyrink das Automobil auf die Kesselbergstraße, die vom Kochelsee in vielen Kurven und Kehren hinauf zum Walchensee führt. Das Benzin hat ihm der Apotheker zu einem günstigen Preis und unter der Hand besorgt; nicht zum ersten Mal. Benzin ist, wie alles Kriegswichtige, rationiert. Als Gegenleistung gab Meyrink dem Sohn des Apothekers jeweils einige Stunden Rudertraining. Der Junge ist ein guter Ruderer, hat Kraft, aber auch eine feine Technik, um die Kraft dosiert einzusetzen.

»Für dieses Mal muss das Training allerdings entfallen«, sagte der Apotheker, als Meyrink den Kanister abends an der Hintertür der Apotheke befüllen ließ, »der Junge wird in wenigen Tagen achtzehn.«

Meyrink verstand erst nicht. Mit achtzehn kann man doch rudern –?

»Er muss zur Musterung«, sagte der Apotheker, »aber ich verstünde meine Kunst schlecht, wenn sie ihn anschließend zur Uniformkammer schickten. Den bekommen sie nicht, jetzt, wo doch alles zu Ende geht. Nicht noch einen. Gegenwärtig kann der Junge nicht einmal einen Gehstock halten, geschweige denn Skulls.«

Meyrink lässt den Motor drehen, dass es nur so eine

Lust ist. Jeder Liter Benzin, der nicht in einem Armeelastwagen verbrennt, ist ein gut eingesetzter (womöglich rettet seine Spritztour sogar Leben?). Und wenn er einen mit sich hadernden, unentschlossenen Schriftsteller über die Landstraßen fliegen lässt, erst recht. Er hat die Frontscheibe heruntergeklappt und die Lederkappe festgezurrt. Ein Dach gibt es sowieso nicht. Dies ist keine reine Vergnügungsfahrt. Inspiration ereilt die künstlerisch Schaffenden in jeder Lebenslage. Der Geist weht, wo er will – sicher auch mit dem Fahrtwind. Meyrink ist jedenfalls bereit, diese Hypothese an sich zu erproben. Heldenhaft an sich zu erproben; es ist dieses schließlich ein heldenhaftes Zeitalter. Andere Versuchsanordnungen – Ruderboot, Veranda, Schreibzimmer, Kohlenkeller – haben in letzter Zeit das Erwünschte nicht erbracht, also. Einstweilen drückt der Fahrtwind bloß die Goggles ins Gesicht. Hernach wird Mena wieder sagen: »Du siehst aus wie ein Frosch«, wenn sie die roten, verquollenen Augen sieht.

Gut warm muss der Motor sein, bevor es auf die Bergstraße geht. Schon eine Weile her, dass er den Wagen über eine längere Strecke bewegt hat. Einerseits ist das Benzin knapp und teuer, andererseits wird man argwöhnisch beäugt. Als er von der letzten Ausfahrt heimkehrte, schleuderten zwei Bauernburschen Pferdeäpfel nach dem Automobil und seinem Lenker. Dabei sollten die Kerle eigentlich wissen, dass Gäule bewegt werden müssen, und Automobile sind nun einmal als die Gäule des technischen Zeitalters zu betrachten. Dennoch, kein Vergleich zu den Zuständen in der Stadt. Dort sind die Menschen viel agitierter; niemals würde er mit dem Wagen in die Stadt fahren, man hätte Beschädigungen zu befürchten. Nachdem man allenthalben anhalten muss, wird man zum leichten Ziel, und Pferdeäpfel gibt es auch dort.

Kurz nachdem er Kloster Benediktbeuern passiert hat, legt Meyrink eine Pause ein, um Kühlwasser, Ölstand und Reifendruck zu überprüfen. Vor ihm ist bereits der Einschnitt zwischen Jochberg und Herzogstand zu sehen, dort hinauf führt die Kesselbergstraße. Der hintere rechte Pneu braucht ausweislich der Fingerprüfung etwas Luft, aber dafür ist man mit einer soliden Fahrradpumpe ausgerüstet. Etwas rissig, spröde sind sie, die Gummis, sollten ausgetauscht werden. Reifen für ein Zivilauto? Da müsste er bedeutendere Leute als den Kleinstadtapotheker kennen. Selbst wenn man im Auftrag des Auswärtigen Amts des Deutschen Reichs die Freimaurer als Kriegsverschwörer zu liefern hat.

In mäßigem Tempo rollt er weiter. Erst anschleichen, denkt er, dann zupacken. Ein paar hundert Meter verläuft die Straße direkt am lieblichen Kochelseeufer, dann geht es links in den Wald und – Gashebel voll nach vorne – auf die annähernd gerade Rampe, die in die erste von vier Haarnadelkurven mündet. Meyrink stellt sich mit seinem ganzen Gewicht – und das ist nicht viel, keine 65 Kilogramm – auf die Bremse, es hebt ihn aus dem Sitz, halb im Stehen muss er das Lenkrad drehen – und dazu braucht es Kraft –, zwei Gänge herunterschalten, den Gashebel wieder nach vorne schlagen, Gasgemisch regulieren, Zündzeitpunktverstellung justieren. »Kali, schwarze Göttin«, brüllt er ins Röhren der Maschine, »leih mir wenigstens einen deiner sechs Arme!«

Die rissigen Gummireifen hat er längst vergessen, als er

den Opel, Typ 8/25 – wegen seines kantigen Zerstörerbugs »Spitzkühler« genannt – in die zweite Haarnadelkurve wirft. Zwischen Kurve zwei und Kurve drei reißt er sich die Lederkappe vom Kopf: wird einfach zu heiß. Schon schleichen sich Dampffetzen seitlich vom Kühler weg, aber nach Haarnadel Nummer vier schmiegt sich die Straße für einige hundert Meter bei mäßigem Anstieg an die Bergflanke: Mensch und Maschine atmen kurz durch. Es folgen zwei rechtwinklige Knicke, die ins nächste Zickzack einleiten. Dort will der schwere Wagen partout geradeaus; Meyrink, als Schriftsteller gewohnt, den leichtfüßigen, geflügelten Pegasus zu satteln (obwohl auch der manchmal stur wie ein Esel ist), hat hier einen Ochsen mit der Kraft von 25 Pferden niederzuringen. In der ersten Kurve gelingt dies mit knapper Not. Kurz nach der zweiten Kurve bricht der Gashebel im energischen Zugriff ab, der Motor läuft ab jetzt auf voller Kraft – und nur dank der Steigung, die den Ansturm der Maschine bremst, gelingt es Meyrink, den Wagen in der dritten Kurve zu bändigen. Von jetzt an – mit Gott. Mit wem auch immer.

Der Motor wummert, die Bremsen rauchen. Hier kommt der Scheitelpunkt, von hier an geht es bergab. Oder zu Ende. Dann – keine fünfzehn Meter vor der ersten Haarnadel abwärts – blockiert freundlicherweise der überhitzte Motor. Die Kolben haben sich in den trockenen Zylindern festgefressen, die Antriebsräder stehen still, Gott sei Dank, denn so bremst der Wagen wenigstens, Pneus schrubben übers Pflaster, bis sie knallend platzen und die Antriebskette endlich reißt. Fast fliegt Meyrink über die Kühlerhaube, gerade noch fängt ihn das Lenkrad um den (erst später realisierten) Preis einer Brustbeinprellung ab. Gut, denn im selben Moment explodiert der Kühler, dessen Verschlussdeckel pfeifend Richtung Jochberggipfel jagt. Wer will schon im sengend heißen Wasserdampf wie ein schlachtreifes Schwein gebrüht werden?

Meyrink klettert aus dem Cockpit und sucht Abstand von dem gefährlich leise knisternden Apparat, der mit einer Vorderradspeiche an einem Streckenpfosten hängt. Drunten leuchtet grün der Walchensee. Ach, dort unten zu sein, abseits vom Weg, der Kleider entledigt, im kalten klaren Wasser zu schwimmen …

Vom Straßenwärterhaus auf der Passhöhe kommt ein Straßenwärter gerannt, aufgelöst und Wichtigkeit ausschwitzend: Der querstehende Wagen müsse augenblicklich von der Straße, nach einem Gespann müsse man rufen, unten in Urfeld gebe es einen Wagner, der könne das havarierte Automobil abschleppen, und überhaupt, warumumgotteswillenmussmandennsorasen, wo bleibe die Zeit, elende Stadterer, undsoweiterundsofort.

Mit Hilfe des ausdauernd zeternden Straßenwärters rollt er das Automobil in eine Ausweichstelle. Zu Fuß steigt er ab zum See, nimmt ein Bad. Danach sitzt er auf einem Stein, die Beine nach indischer Art untergeschlagen, lässt seinen Körper in der Abendsonne trocknen und starrt auf einen Punkt am Himmel. Keine Sekunde hatte er Angst um sein Leben gehabt. Autounfall – das ist nicht der Pfad, auf dem Yogi Meyrink von hüben nach drüben wechseln wird. Wenn es geschieht – morgen oder einst –, wird es nicht ohne Zeichen geschehen; bis jetzt haben sich noch alle wichtigen Dinge seines Lebens in der einen oder anderen Weise angekündigt:

als Traum, in einer erwachten Erinnerung, als Ahnung, die sich nicht abweisen ließ. Der Mensch ist ein Doppelwesen; Lenker und Passagier zugleich im selben Wagen. Rücken zu Rücken sitzen sie dort: Der eine sieht voraus, in die Zukunft, der andere zurück, in die Vergangenheit. Unglücklicherweise hält sich der Passagier für den Lenker: den er ja nicht sehen kann. Der Zweck des Yoga, wie Meyrink ihn versteht und ausübt, ist, dass aus Lenker und Passagier ein Einziger werde.

Schade vorerst um das Automobil, aber jedes Spiel hat seinen Einsatz, denkt er, als er seine Kleider anzieht, um einen Gasthof in Urfeld zu suchen. Die Sanierung wird wohl den verbliebenen Rest des Vorschusses auffressen. Und Sanierung muss sein; es hat offensichtlich nicht in der Vorsehung gelegen, das Automobil auf diese Weise abzuschaffen; wo waren die Zeichen?

Seine Heimkehr nach Starnberg gute zwanzig Stunden später trägt dagegen Zeichen: solche der Demütigung. Von Dorf zu Dorf ist es gegangen, wechselnde Pferde vorgespannt, im Schritt und im lahmen Trab, von belustigten Fuhrleuten bequem auf den Fahrersessel gefläzt am Zügel gelenkt, Meyrink hinten, gelegentlich gequält lächelnd, wenn Menschen am Straßenrand ihm lachend winkten. Bis ihm einfiel, huldvoll zurückzuwinken: Da nahm mancher gar die Mütze ab. Am Eingang zu Starnberg überlässt er es dem Kutscher, den Wagen zum Opel-Konzessionisten zu lenken, und zieht es vor, die letzten Meter ins *Haus zur letzten Latern* zu Fuß zurückzulegen. Warum die Freimaurer diesen Krieg angezettelt haben, weiß er immer noch nicht. Dass es ihm aber – verdammt noch mal – wird einfallen müssen: Das wenigstens weiß er. Der Freifahrtschein auf Vorschuss ist so gut wie verbraucht. Die andere Hälfte wird es bei Lieferung geben – oder gar nicht.

Meyrink!, ehemals Meyer, sagt er sich, du wirst dich jetzt hinsetzen und diesem elenden Ding Beine machen. Jeden Tag tausend Worte, so lange, bis es auf den Umfang eines schlanken Romans gemästet ist. So lange wird die Armee wohl noch standhalten.

Mena steht auf der Schwelle des Hauses.

»Gustl, endlich. Ich habe geträumt, du hättest einen Unfall mit dem Automobil gehabt. Wo ist es? Warum bist zu Fuß?«

Meyrink sagt: »Das Auto hat gegenwärtig höchstens zwei Pferdestärken. Das wird aber wieder. Und ich habe mich entschlossen, diesen Roman zu schreiben.«

»Ach, du bist ein Narr!«

»Das ist ein guter Ansatz. Nur so kann es klappen.«

Recherchenotiz

[Eisner, *Gefängnistagebuch*]
Wir Toten auf Urlaub. Ein französischer Offizier hat in einem Kriegsbericht das Wort gesprochen: »Wir sind alle heute nur Tote auf Urlaub.« War es im ersten, im zweiten Kriegsjahr? Ich weiß es nicht; wir haben in diesen Jahren das Zeitgedächtnis verloren.
[Später eingefügt:] *Mich aber ließ das Wort, seitdem ich es gelesen, nicht wieder los und ward mir zum führenden Schicksal. Der Tod hat uns alle nur beurlaubt. Wir Schatten sind auf eine Weile in das Reich des Bewusstseins zurückgekehrt* (...)

München, in Untersuchungshaft, 10. Sept. 1918
In der Sonnenaufgangsstunde, Kurt Eisner

[Die Phrase wird eigtl. mit Eugen Leviné in Verbindung gebracht: »Wir Kommunisten sind Tote auf Urlaub.« – Kurt Eisners französische Quelle ist nicht zu lokalisieren – nicht im Sprachgebrauch, etwa als Redensart; *Nous, les morts en congé*.]

Mitte

Frei

Im Oktober 1918 wurde Erich Mühsam aus der Haft in Traunstein entlassen. Er nahm den nächsten Zug nach München, unter Verwendung des Billetts, das ihm die Bayerische Justiz zu den Entlasspapieren getan hatte. Es sah sogar die Inanspruchnahme eines Eilzuges vor.

Ja, dachte Mühsam, erst wollen sie dich – unter Dehnung aller Rechte und Gesetze – dabehalten, solange es geht, und dann können sie dich nicht schnell genug loswerden. Gerade dass sie einem keine Droschke zum Bahnhof spendieren. Er verzichtete auf den Eilzug, der erst später, von Salzburg kommend, eingetroffen wäre, und nahm den Bummelzug. Nur weg.

Warum sie ihn eingesperrt hatten: eine Lappalie. Nach den Januarstreiks, zu denen Eisner aufgerufen hatte, wegen »politischer Betätigung«. Ein Akt der Willkür. Stolz war er dennoch. Er, Mühsam. Eine Gefahr. Für Bayern. Womöglich für das gesamte Reich.

Mit dem Tak-tak des Schienenstoßes sagte Mühsam vor sich her: Zu-rück, zu-rück, zu-rück.

Und dass die Leute schauten, blöde schauten, war ihm egal; einer wie Mühsam war das gewohnt. Einen wie ihn konnten sie nicht ab: Die einen hassten seinen wirren schwarzen Bart, das ungescheitelte Haupthaar, die anderen misstrauten seinen zarten, weichen Händen, von denen man nicht wissen konnte, ob sie den Hammer an der richtigen Seite packten. Eher nicht. Doch Mühsam, frisch entlassen, betrachtete alle seine Mitfahrer zwischen Traunstein und der Residenzstadt mit Nachsicht und Liebe, und er widmete ihnen bei dieser Gelegenheit – dem Volk, vor allem den Arbeitern und den hier im Zug zahlreich vertretenen Bauern – die kommende, die unvermeidliche Revolution, an der er, Mühsam, maßgeblichen Anteil haben würde, was so sicher war wie das Amen in der Kirche, so sicher er niemals wieder eine betreten würde.

Mühsam, in Lübeck geboren, war eine Schwabinger Pflanze. Mühsam konnte nur in Schwabing blühen, dort, wo die Männer langhaarig waren und die Frauen Bubikopf trugen. Woanders musste er einfach eingehen. Na, Berlin vielleicht noch. In Teilen. War aber groß, unübersichtlich und die Hauptstadt der kriegswahnsinnigen preußischen Militaristen. In Schwabing war er dauernd unterwegs: der alltägliche Kaffeehauscorso, vom Stefanie zum Luitpold, den anderen Kneipen, Schellingsalon, Simpl, wo die Schwabinger Pflanzen ihr Substrat fanden und ihre mehr oder weniger müden Wurzeln tränkten. Ironie des Schicksals: Das Essen im Traunsteiner Gefängnis wurde regelmäßiger serviert, als er das von seiner Vorstadtexistenz kannte. In diesen paar Gefängnismonaten dürfte er sogar ein, zwei Kilo zugelegt haben.

Aber das Beste war: Eisner saß noch, im Untersuchungsgefängnis von München-Stadelheim. Vielleicht war ihm, Mühsam, nun der verdiente kleine Vorsprung vergönnt. Mühsam war zwar bloß interniert gewesen, aber das musste man ja nicht überall herumerzählen. Etwas mehr Glaubwürdigkeit auf der Straße versprach er sich insgeheim schon. Als Salonrevoluzzer waren sie stets beschimpft worden, nun hatte er vorweisbar, nachweisbar, seine Freiheit für die Sache geopfert. (Die Tätowierung, die ihm ein vierschrötiger Kerl in Traunstein angeboten, hatte Mühsam jedoch zurückgewiesen, schaudernd, als der Künstler das Tätowierbesteck zeigte.)

Schlimm genug, dass man ihn und Eisner immer noch häufig verwechselte, vermutlich wegen der Bärte. Welch ein Hohn! Welche Ignoranz! Eisner nannte sich Jaurésist, hielt sich für einen Reformsozialisten, vertrat in Wirklichkeit jedoch die Ansichten Eduard Bernsteins, pflegte eine Entente-chauvinistische Kriegsparteilichkeit und ein demokratisches Ideal – denen Mühsam seinen revolutionären Internationalismus und Sozialismus entgegenzustellen hatte. Gut, das politische Vokabular war in den Monaten der Internierung ein wenig versprödet. Aber das würde mit zwei, drei hitzigen Diskussionen im Schwabinger Milieu mindestens zurückpendeln, wenn nicht gar in neue Höhen gelangen.

Auf dem Weg zum Abort sah er sich um: Wie er zu solchen Leuten sprechen sollte – das müsste freilich noch geklärt werden. Dem Volk aufs Maul schauen. Mühsam schaute – dezent – auf viele Mäuler: verstand dennoch nichts. Wird schon durchsickern.

Der Lokomotivführer orgelte auf der Dampfpfeife herum, der Waggon schaukelte im Gleis, und es atmete die gesamte Reise zwischen Traunstein und München eine eigenartige, feierliche Behaglichkeit, stieg auf zwischen diesen kartenspielenden Männern in ihren ernsthaften Sonntagsanzügen, die auf irgendeine wichtige Angelegenheit in die Stadt fuhren und abends ganz bestimmt als Sieger zurückkehren würden, auf ihre Höfe, ihre kleinen Königreiche. Mühsam freute sich darauf, die Freunde wiederzusehen, die zu wandelndem Kaffeehausinventar gewordene Blase. An einen dachte er, und das Behagen ließ ein wenig nach; nicht, weil er ihn nicht mochte oder weniger achtete, im Gegenteil.

Dieser Meyrink – wenn man den für die Sache gewinnen könnte! Der würde die Massen nicht aufpeitschen, der würde sie hypnotisieren, unsichtbare Fäden anbringen, um sie zu dirigieren. Nur hatte der überhaupt keine politische Veranlagung. Leider.

Er erinnerte sich, wie man eines trüben Herbstnachmittages des zweiten Kriegsjahres im Café Luitpold saß – Wedekind war da, vielleicht Heinrich Mann, Kurt Martens – und eben Gustav Meyrink, der nie das Wort führte, auf die Pausen lauschte und dann etwas Unverständliches oder Mystisches sagte oder etwas, das Mühsam und seinen Freunden erst auf dem Heimweg bewusst und klar wurde. Als man den Heeresbericht vom Tage gelesen hatte und in dumpfe, stillschweigende Verzweiflung verfallen war, saß Meyrink wie stets aufrecht am Tisch, ließ die Fingerspitzen über die Tischplatte wandern, als könne er aus dem schmierigen Überzug des Möbels etwas herausstreicheln, so ganz aus dem Nichts. Und indem er seinen Blick wie den Strahl einer Taschenlampe auf Mühsam richtete, sagte er: Ihm, Mühsam, werde im Krieg bestimmt nichts Böses widerfahren, denn er sei einer der ganz wenigen, die diesen Krieg nie gewollt, gebilligt oder bejubelt hätten. Aber vor einer Revolution solle er sich in Acht nehmen. Die lebe in seinen innigsten Wünschen und würde ihn, im Guten wie im Schlimmen, zu finden wissen.

Meyrink!, dachte Mühsam, ein ... Besonderer.

Recherchenotiz

[Brief von Hahn an Meyrink, Akten des Bundesarchivs, Berlin-Lichterfelde]
Nachrichten-Abteilung, Berlin
A. N. B. Nr. 15827

Sehr geehrter Herr Meyrink!
Ich möchte Ihnen nur noch mitteilen, dass ich nach meiner Rückkehr aus der Schweiz mich nach den Gründen erkundigt habe, weshalb das Ihnen seinerzeit überlassene Material zurückverlangt worden ist, und festgestellt habe, dass sie rein archivtechnischer Natur sind. Sie brauchen nur den Wunsch auszusprechen, wenn Sie es zu nochmaliger Durchsicht haben möchten, so werde ich es Ihnen hinschicken lassen.
Sie werden es mir nicht verübeln, wenn ich meine Bitte, die ich damals [Bezug auf früheren Brief] *aussprach, dass Sie den Roman recht bald zum Abschluss bringen möchten, noch einmal wiederhole, denn ich fürchte, dass Ihnen die Zeit sonst den Wind aus den Segeln nimmt.*
[gez. Hahn]

Krähe

Meyrink tritt aus der Haustüre, bereit, zum Bahnhof zu gehen, doch etwas stoppt ihn schon auf der Schwelle. Eine Krähe sitzt in einer Pfütze und stirbt. Die Pfütze am Straßenrand ist kaum so tief wie ein auf Kante gestellter Groschen, der Vogel ruht auf seinem Rumpf in der tiefbraunen Brühe.

Meyrink macht »Schhh!«, und keinen Schritt weiter.

Die Krähe lässt sich beim Sterben nicht stören. Dass sie am Sterben ist, glaubt er, weil der Vogel keine Anstalten macht aufzufliegen. Die Augen sind nicht mehr die funkelnden schwarzen Knöpfe, die sie sein sollten; über ihnen liegt bereits der samtene Abschied. Die Spitzen ihrer Schwingen tauchen ins Wasser, zittern leicht und machen Ringe auf der Wasseroberfläche. Diese Krähe hat abgeschlossen, selbst wenn sie vermutlich – bestimmt – nicht einmal eine Ahnung hat, dass ihr Tod unmittelbar bevorsteht. Wenn das mal kein Zeichen ist. Er klemmt die Aktentasche fester unter den Arm und entschließt sich abzuwarten.

Wird doch nicht die Grippe sein, von der sie in der Zeitung schreiben, von der sie alle reden, die sie alle wegputzt (Verlustlisten von der Front drucken sie schon lange nicht mehr, weil es die Zensur verboten hat, jetzt lenken sie ihre Lust auf die Zahl der Grippetoten). Wird doch nicht die

Grippe sein, die jetzt nach Starnberg kommt, wo sie nun wirklich nichts zu suchen hat. Dies ist ein Ort der heiteren Sonnenaufgänge, des Bergblicks und einer Luft, die sich so mancher Kurort gerne zufächelte. Sie nennen sie die Spanische Grippe, aus Gründen, die Meyrink nicht so recht verstanden hat. Er starrt auf die Krähe und denkt: Wäre die Propaganda nur ein wenig konsequent, dann müsste man sie die Englische oder Französische Grippe heißen, von dort ist schließlich in all diesen Jahren alles nur erdenkliche und vorstellbare Übel zu uns gekrochen gekommen. Wird berichtet.

Mit den Spaniern haben wir eigentlich kein Problem gehabt, die waren und sind in diesem Krieg so neutral wie die Schweizer und dazu noch deutlich weiter entfernt. Vielleicht also, weil man von dort noch unzensurierte Nachrichten bekommt und die spanischen Blätter eine grassierende Epidemie nicht vertuschen – warum auch? Vielleicht soll es tröstlich sein, dass diese unangenehme Sache nicht von uns stammt, die anderen waren es, die uns das eingebrockt haben. So wird jetzt die spanische Grippe zur Spanischen Grippe; sie wird den darüber wohl kaum erfreuten Spaniern angehängt, als handle es sich um ihre Erfindung, wie Paella, wie Flamenco: nur durch die Verwandlung eines kleinen in einen Großbuchstaben.

Wen diese Grippe packt, den richtet sie zugrunde, auf scheußliche, teuflische Art. Es ist dann die Grippe des Herrn oder der Frau Knödlseder, welche gewiss nicht mehr an die Herkunft ihres Elends denken. Man verwest bei lebendigem Leibe. Wird erzählt.

Es trifft vornehmlich die Kräftigen, die in der Blüte des Lebens stehen, alte Männer wie Meyrink – in ein paar Wochen wird er fünfzig – schon eher nicht mehr. Wird erzählt. Schon im Frühsommer ging eine Welle durch das Land; man dachte, man hoffte, es sei überstanden. Doch nun im angehenden Herbst ist sie wieder da – wenn es überhaupt dieselbe ist, keiner kann das mit wissenschaftlicher Sicherheit sagen, und die Ratschläge heute sind genauso wertlos, wie sie es vorher gewesen sind.

Die Ärzte sind ratlos und raten dennoch zu allerlei Betätigung oder Enthaltung, und mancher, der gesund zum Arzt geht, kommt alsbald mit der Krankheit (oder einer anderen) wieder heim. Am sichersten wäre es natürlich, sich mit genügend Vorräten einzumauern. Aber heute ist es schwierig genug, Vorräte für zwei oder drei Tage aufzutreiben.

Meyrink verabscheut die Ärzte. Nicht jeden vielleicht, aber trauen wird er ihnen niemals. Eine Rückenmarkerkrankung, *Erbsche Spinalparalyse,* haben ihm Kapazitäten wie Krafft-Ebing und Professor Pick noch mit imperialem Gehabe diagnostiziert. Stumm wie die Goldfische wurden sie danach; sie bewegten die Lippen und blähten die Backen auf, nur Worte kamen nicht aus ihren Mündern, Trost für den Unheilbaren schon gar nicht, obwohl die Trostspende nur für ein paar Wochen höchstens hätte vorhalten müssen. Nicht durch ärztliche Kunst ist die Paralyse überwunden – er ginge heute noch unter Schmerzen an zwei Stöcken (falls überhaupt), die Füße bleierne fühllose Klumpen –, der Yoga hat ihn geheilt.

Was er nicht weiter herumerzählt, um nicht die Sprüche der Superklugen hervorzulocken: Hättest du gelebt wie ein Spießer, schön sittsam und bürgerlich und nicht als verrückter Yogi und nebenbei als Windhund oder Kuckuck, so wärst du gesund geblieben, hättest einen gesunden Schmerbauch und die dazugehörige meterlange Uhrkette ... Ja, ja, denkt Meyrink, um sich einst auf dem Sterbebett zu fragen, warum um Himmels willen er überhaupt gelebt habe. – Täuscht das, oder hält die Krähe den Kopf schräger als zuvor? Hat gar der Vogel die Grippe? Das wäre ja unerhört.

Meyrink ist nicht abergläubisch, obwohl viele das – und anderes, und Schlimmeres – annehmen. Verdammt der Tag, an dem er sich entschloss, den Dielenboden jenes Dachzimmers abschleifen zu lassen, in dem er seine Yoga-Übungen macht; der Parkettmeister und sein Gehilfe wirkten ernsthaft interessiert. Jetzt weiß jeder von der merkwürdigen indischen Turnerei, die der nicht minder merkwürdige Schriftsteller im Haus am Seeufer aufführt. Der Fakir, der Schlangenbeschwörer. Dass er den Atem eine halbe Stunde lang anhalten könne. Und seinen Herzschlag verlangsamen bis zum Stillstand. Man hört ja allerhand, und noch viel mehr kann man sich ausdenken. Dabei ist er nur einer, der das Übersinnliche, alles Mystische und Okkulte nicht von vornherein für abwegig hält. Horoskope und Astrologie findet er allerdings lachhaft. Schwarze Katze von links, rechts, hinten, vorne, Schornsteinfeger von oben, der Glückspfennig im Portemonnaie (auch der ist längst schon ausgegeben) und einmal über die Schulter gespuckt – die ganze ritualisierte Sorgenhuberei, Glücksverheißungen und -hoffnungen: Rekrutenausheber für die Armee der Enttäuschten.

Was jedoch nicht bedeutet, es zu unterlassen, die Welt auf Zeichen hin zu überprüfen. Man muss alles überprüfen, alles dreimal drehen und wenden. Die Wahrheit ist zu kostbar, um sie Priestern, Politikern und der Presse zu überlassen.

Meyrink verharrt auf der Schwelle und behält die Krähe im Auge. Es macht ihm gar nichts aus, wie eine Statue dazustehen. Nachbars Katze streicht um seine Beine. Der Briefträger wirft die zweite Post des Tages ein und beachtet ihn nicht weiter. Mena geht um ihn herum, als sie den Briefkasten leert, murmelt bloß: »Gustl, bist noch da?« Und Meyrinks Terrier, Santal und Waschen, jagen einander ums Haus, als stünde er nicht da, wo er steht, um einer Krähe in einer Pfütze beim Sterben zuzusehen, eigentlich aber, um zu verstehen, was das wohl bedeuten mag. Aber es will ihm nichts einfallen.

Vom Bahnhof her dringt das Pfeifsignal der Lokomotive durch, kurz-kurz-lang, nachdem das Bekohlen und Wasserfassen erledigt ist; es klingt ihm, als legte sich ein junges Pferd mit Laufdrang klirrend ins Geschirr, eins, das die alltägliche Fron des Zugtiers noch nicht kennt.

Jetzt rafft er sich auf, verlässt die Schwelle und umkurvt vorsichtig die Pfütze. »Der Mensch gleicht einem, der auf einem Krokodil durchs Wasser reitet, wähnend, es sei ein Stück Holz«, flüstert er der Krähe zu. »Jeden Augenblick kann ihn das Tier in die Tiefe ziehen. Darum besser verlasse der Mensch das Krokodil.«

Wenn er sich beeilt, dann wird er den Zug nach München noch erreichen und – hoffentlich – Mühsam in irgendeiner der angestammten Kneipen finden. Wenn nicht – dann nicht.

Recherchenotiz

[*Gustav-Meyrink-Gedächtnisblatt*, ca. 1950er Jahre, Nachlass Carlo Mo(h)r von Weber (eig. Charlotte von Weber, 1889–1984, Journalistin, Publizistin), Monacensia Literaturarchiv CMvW M 118.]

Er konnte sich auch unsichtbar machen, wenn es ihm gerade einfiel, einen kleinen Beweis seiner zauberischen Fähigkeiten zu erbringen. Ihm war nichts unmöglich.

Augustin

Mühsam hatte Meyrink in Berlin kennengelernt. Er glaubte sich zu erinnern, dass ihm – als er einst, vielleicht drei, vier Jahre nach der Jahrhundertwende, spätnachts im Café des Westens am Kurfürstendamm mit Freunden trank und debattierte –, dass ihm mitten in der Ekstase eines engagierten Meinungsstreits eine Visitenkarte überbracht wurde und er diese – weil zu sehr beschäftigt – abweisen oder vorerst in der Westentasche versenken wollte, dass er jedoch glücklicherweise die drei auf der Karte aufgedruckten Wörter aus dem Augenwinkel wahrnahm:

GUSTAV MEYRINK SCHRIFTSTELLER

Da hatte er laut ausgerufen: »Meyrink ist hier!«, und war vor die Tür geeilt, wo in der Tat Gustav Meyrink in Hut und Mantel (es war, nach Mühsams Erinnerung, im Dezember) wartend auf und ab ging, während die Freunde drinnen ihre Nasen an die Scheiben drückten und neidvoll Mühsams Trottoir-Audienz bei dem berühmten Manne beobachteten.

Meyrinks Geschichten im Münchner Satireblatt *Simplicissimus* – geheimnisvoll, grotesk, gespenstisch, boshaft, witzig und funkelnd, wie Mühsam sagte – regten zu jener Zeit die geistig bewegte Jugend mächtig an. Mühsam lud den

Besucher ins Lokal ein, doch Meyrink wollte den Trubel vermeiden und kam sogleich zum Geschäftlichen. Man habe ihm nämlich in Wien die Redaktion eines jungen Witzblattes angetragen, für das er Mitarbeiter suche, sagte er. Sein Verleger habe ihn geschickt: Fragen Sie in Berlin, im Café des Westens, nach dem Mühsam, der kennt sie alle.

Nicht alle, dachte Mühsam und sagte: »Ganz recht, und die Hälfte davon befindet sich im Lokal hinter mir!«

»Sehr schön, können wir kurz eine Liste der zu befragenden Kandidaten aufstellen?«, sagte Meyrink und zog ein Notizbuch aus der Manteltasche, »ein paar habe ich bereits – wenn Sie so freundlich wären.«

Im Windschatten einer Litfaßsäule schrieb Meyrink die Namen auf, die Mühsam ihm einsagte, hoffend, niemand vergessen zu haben.

»Und Zille, Heinrich Zille, kennen Sie den?«, fragte Meyrink.

»Über Umwege«, sagte Mühsam.

»Den will ich unbedingt«, sagte Meyrink.

»Verlassen Sie sich nur getrost auf mich«, sagte Mühsam, »das wird sich keiner entgehen lassen – ein neues Blatt – unter Ihrer Leitung!«

Man verabredete sich für den nächsten Abend, wenn Mühsam Bericht erstatten sollte. Meyrink riss das Blatt aus dem Notizbuch, drückte es Mühsam in die Hand und verschwand. Erst jetzt fiel Mühsam ein, dass sein eigener Name nicht darauf stand und dass er nicht gefragt hatte, wie das Blatt heiße, ob es bereits existiere oder sich in Gründung befinde. Als er dann am folgenden Morgen begann, seine Angel auszuwerfen, spießte er getreulich Meyrinks eigene

Worte auf den Haken: dass größte künstlerische Freiheit zugesichert sei, freie ungeknebelte Phantasie, Humor, Satire und wirkliches Können gefragt seien. Alle bissen sie an.

»Es handelt sich um *Der liebe Augustin*«, sagte Meyrink den Abend drauf. »Ich will das Blatt von trüber Witzelei zum Funkeln befördern. Wen also bringen Sie mir?«

Zille hatte zugesagt – nebst einem halben Dutzend anderer Schreiber, Dichter und Zeichner, unter ihnen Franz Christophe und Lyonel Feininger. So wie ein Hufschmied sich über jedes Pferd freut, dem er ein – besser alle vier – Eisen annageln kann. Nur dass es im Falle der Maler und Literaten eher darum gehe, einem Einhorn Schuhe anzumessen, irgendetwas in der Art sagte Mühsam; eigentlich ganz und gar nicht sein Stil und Ton, aber in der Gegenwart Meyrinks entflochten sich auch ihm märchenhafte Ranken.

Für dieses Mal ließ Meyrink sich in ein Lokal nahe Bahnhof Friedrichstraße locken. Hut und Mantel legte er nicht ab.

»Ich nehme den Nachtzug«, sagte er. Er studierte die Liste, zählte die Haken, die Mühsam hinter die Namen gemacht hatte. Er sagte: »Wunderbar. Frauen jedoch fanden Sie keine? Schade. Wunderbar dennoch. Der *Augustin* muss unbedingt progressiver werden, selbst wenn es am Ende heißt: O du lieber Augustin, alles ist hin.«

Meyrink saß Mühsam gegenüber, unbewegt, die Hände bereitgelegt für den Fall, dass eine unterstreichende Geste nötig wäre oder ein Griff nach dem Bleistift. Später erging es dem Mühsam so, wie auch andere berichteten, nachdem sie ein Treffen mit Meyrink gehabt hatten: Sie konnten sich nicht mehr erinnern, wie Meyrink aussah. Trug er einen

Schnurrbart? Die Nase – groß, klein, spitz, stumpf? Ging er mit einem Stock oder nicht? Augenbrauen, hell, dunkel oder, Gott bewahre, gar »buschig«? Haare, Ohren? Wie den meisten blieben Mühsam die Augen Meyrinks – Augen wie die eines Geistersehers – im Gedächtnis. Und die Hände. Am kleinen Finger der Linken saß ein großer Opalring, in ein silbernes Oval gefasst.

Als Mühsam mit den Preisungen der gewonnenen Mitarbeiter für den *Augustin* geendet hatte, saß er einige Sekunden so still, wenn auch nicht so elegant, wie sein Gegenüber und wartete, ob sein Einsatz nun in irgendeiner Weise gewürdigt, gerühmt oder gar entlohnt werden würde – denn der Künstler ist und bleibt die Hure des Applauses, lieber aber der Münze, oder von beidem. Hätte er einem Verleger gegenübergesessen oder einem Redaktionsdirektor, schon längst hätte er gefragt: Würden Sie es freundlichst in Erwägung ziehen wollen, gelegentlich einen Text aus meiner Feder abzudrucken? Wobei stets offenbleiben musste, wer dabei wem einen Gefallen tat. Dies gebot die Selbstachtung selbst einer chronisch bankrotten Existenz wie Mühsam. Jetzt nahm Meyrink seine Hände vom Tisch und drehte die Handflächen nach oben, als wolle er eine Kollekte einziehen. Mühsam dachte: Was denn noch?

»Mein lieber Mühsam, selbstverständlich würde es mich außerordentlich erfreuen, gelegentlich einen Text aus Ihrer Feder abzudrucken. Reichen Sie nur immer ein, Ihre Schriften sind mir stets willkommen.«

Dann nahm er den Zettel mit den Namen vom Tisch, faltete ihn zweimal, bevor er ihn einsteckte. »Auf bald«, sagte er, schüttelte Mühsams Hand und ging schnell, den

Nachtzug nach München zu erreichen, wo er weitere Mitarbeiter zu werben plante. Wahrscheinlich war das irgendwann im Frühling 1904 gewesen und nicht im Dezember; im März kann es ja auch kalt sein. Jedenfalls erschien Ende November 1904 der letzte *Augustin* – er wurde nur 24 Hefte alt.

Es vergingen mehr als zehn Jahre, bevor Mühsam Meyrink wiedertraf.

Recherchenotiz

[Theodor Harmsen, in: *Der magische Schriftsteller Gustav Meyrink* (Amsterdam, 2009), erwähnt ein Notizbuch Gustav Meyrinks, das in einer Bibliothek/Archiv in Amsterdam liegt (*Bibliotheca Philosophica Hermetica*):]

Das Notizbuch ist auch deshalb interessant, weil darin Ideen und Entwürfe für andere (nicht realisierte) Romane festgehalten sind, darunter ein »Freimaurerroman« – ein Projekt, an dem Gustav Meyrink wahrscheinlich in den Jahren 1917/18 arbeitete, das er aber schließlich wieder verwarf. (…) die Informationen darüber sind spärlich …

[August 2017: Auskunft dieser Bibliothek via E-Mail: gesamte Sammlung zieht derzeit in ein neues Haus um, Notizbuch frühestens ab Januar 2018 greifbar; (noch) nicht digitalisiert.]

Recherchenotiz

[Aus einem Brief Meyrinks an Hahn, undatiert]

Mein Roman macht erfreuliche Fortschritte; ich habe die Grundrisse bereits endgültig festgelegt und werde früher damit fertig sein, als ich anfangs glaubte. – Ich hoffe, die Arbeit wird Ihnen gefallen.
Es ist bereits vorgesorgt, dass der Roman gleichzeitig auch schwedisch (bei Bonnier) und wahrscheinlich auch auf Englisch (bei Tauchnitz) herauskommt.

Lügen

Erfreuliche Fortschritte. Das ist eine dreiste Lüge. Aber Diplomaten wird man wohl anlügen dürfen. Lügen, hübsch gekleidet, manierlich im Ton, sind ihr Metier.

In Wahrheit ist Meyrink seit der offiziellen Auftragserteilung, also seit er von Berlin zurückgekehrt ist, von Fortschritten weit entfernt. Noch nicht einmal der erste Schritt ist getan. Wo soll er anfangen? Womit? Wie?

Er fühlt sich wie der Tausendfüßler aus dieser Geschichte, die er einmal dem *Simplicissimus* verkauft hat – in jenen goldenen Jahren –, jener unglückliche Tausendfüßler, angenagelt an den Boden mit jedem einzelnen seiner verdammten tausend Beinchen; der Tausendfüßler, verhext von der bösen Kröte; vom Fluch der bösen Kröte, der so harmlos dahergekommen ist, als bloße Frage: *Sage mir doch, wie es sein kann, dass du beim Gehen immer weißt, mit welchem Fuße du anfangen musst, welcher der zweite sei – und dann der dritte –, welcher dann kommt als vierter, als fünfter, als sechster –, ob der zehnte folgt oder der hundertste?* – so erstarrt sitzt Meyrink da und wartet auf das erste Wort und weiß, wenn es kein erstes gibt, dann gibt es auch kein zweites.

Drei Wochen lang fasste er keinen Stift an (außer um die Eintragungen im Haushaltsbuch zu machen). Er las die

Zeitungen, was er sonst nicht tat, um sich mit der öffentlichen, zumindest aber der veröffentlichten Meinung vertraut zu machen. Wenn er frühmorgens, noch ungewaschen, mit Santal und Waschen zum Bahnhofskiosk ging, um lokale und überregionale Blätter zu kaufen, schrubbte ihn der Kioskbesitzer in derben Worten mit der Weltlage ab – *ahso siech i's halt, wos de andern denkn, is mir so was von wurscht.*

Die Zeitungen hätte er fast nicht mehr gebraucht, so gut war er jetzt unterrichtet. Mena riet ihm, wieder zum Stammtisch, zumindest aber zu den geselligen Abenden im Ruderclub zu gehen, aber er hatte keine Lust auf weitere Meinungen; zumindest so lange, bis er sich eine eigene gebildet hatte.

Meyrink fühlt sich erloschen. Der Docht nimmt keine Flamme an. Bis über die Knöchel steht er in abgebrannten Zündhölzern. Herrgott, was ist da los? Am Morgen zwei Stunden Yoga, bis die Sonne über dem anderen Ufer des Sees aufgegangen ist, dann einen Kaffee und etwas geröstetes Brot, dann die Krümel beseitigt, ins Baumhaus gestiegen und das Heft aufgeschlagen, und dann den Bleistift geschärft, und dann die Linien auf das Papier gezeichnet, und dann aus dem Fenster gesehen, und dann den Bleistift geschärft, und noch einmal, und dann ein neues Farbband in die Schreibmaschine eingezogen, die Hebel geölt, ein wenig über die Tasten gespielt, als wär's ein Klavier, die Maschine weggestellt, und dann den Bleistift noch einmal gespitzt … sinnlos.

Aber da ist ja noch der Parlograph und wartet aufs Diktat. Ein famoser Apparat. Auf dem Diwan liegen und die

Worte fließen lassen, wie sie kommen, ohne die Hemmnis eines kratzenden Bleistifts, eines klecksenden Füllhalters oder einer hässlich klappernden Schreibmaschine. Einfach diese Ameisenstraße fleißiger Wörter dem leise brummenden Stichel des Parlographen übergeben, der sie ins Wachs der Walze eingräbt – bis die treue Mena sie dort hervorholt und in ein sauberes Typoskript verwandelt. Meyrink zerrt das Ding auf dem Klapptischchen herbei. Zusammengerollt wie eine schlafende Schlange liegt der Sprechschlauch neben dem Apparat. Er versetzt die Maschine in Aufnahmebereitschaft und drapiert zwei Kissen auf dem Sofa, um es bequem zu haben, in der Position, die Mena stets Goethe-in-der-Campagna-Positur nennt. Meyrink langt nach dem Schlauch, an dessen Ende der schlanke Trichter, das hungrige, aufgesperrte Maul der Schlange, auf seine Worte wartet. – Schluck dies hier:

»Kriegsschuld- oder Freimaurer-Roman Klammer auf Arbeitstitel Klammer zu neue Zeile von Gustav Meyrink Klammer auf Nebenbemerkung Doppelpunkt Pseudonym Fragezeichen Klammer zu

Absatz

Absatz

Absatz

Teil 1

Absatz

Kapitel 1

Absatz.«

Er löst die Finger um den Schalter unterhalb des Sprechtrichters, die Walze bleibt stehen, und der Stichel geht in Wartestellung. Der Apparat brummt und summt wie ein

Bienenkorb, aber nichts schwärmt aus, schon gar keine Gedanken.

Es ist furchtbar, nicht schreiben zu können. Das ging doch immer so einfach. Diese ersten Worte schon gar. Schwieriger sind ohnehin all die anderen, die folgen müssen. Das ist die Arbeit, die elende. Dieser erste Satz – Kinkerlitzchen. Ihm waren gute erste Sätze gelungen, und mühelos dazu.

Das Mondlicht fällt auf das Fußende meines Bettes und liegt dort wie ein großer, heller, flacher Stein.

So fing der *Golem* an, der Roman, der ihm diese nette Villa am Starnberger See ermöglicht hat.

Es war keine Kleinigkeit für die Militärärzte gewesen, alle die verwundeten Fremdenlegionäre zu verbinden. – Die Annamiten hatten schlechte Gewehre, und die Kugeln waren fast immer in den Leibern der armen Soldaten stecken geblieben.

Dies der Beginn der ersten Erzählung, die er dem *Simplicissimus* in München verkauft hat. Diese Geschichte ist der Beginn der wundersamen Verwandlung vom Gefallenen zum Gefeierten, vom Meyer zum Meyrink, vom Bankier zum Schriftsteller. Wenn nur der Käfer nicht immer wieder auf den Rücken fiele, durch eigene Ungeschicklichkeit, durch die verdammten Weltläufte, durch Eitelkeit und Dummheit, den Geldmangel, durch die aberwitzige Hoffnung, mit allen sechs oder tausend Beinchen heftig strampelnd in bloßer Luft Halt gewinnen zu können, um wieder Fuß zu fassen.

Der erste Satz ist der Duft über der Kaffeetasse, das Knistern der Semmel, wie sie hier in Bayern sagen. Keine Garantie, aber eine Verheißung. Für den Autor noch mehr als für den Leser. Jenseits des ersten Satzes liegt die Terra incognita, der Dschungel, die der Autor wie ein Humboldt oder ein Livingstone zu erobern hat, Machete in der Hand, feindliche Pfeile um die Ohren. Der Leser aber lässt sich in der Sänfte durch diesen Dschungel tragen, und – das Buch zugeklappt! – schnell ist er wieder draußen.

Ich, Jude

Man hat mich oft für einen Juden gehalten. Obwohl – das muss ich korrigieren: Man hat des Öfteren *gewollt, dass ich ein Jude sei.*

Oh, wie sehr hat man in manchen Kreisen gewünscht, ich sei ein Jude: um nur umso stärker auf mich eindreschen zu können. Aber ich bin es nicht. Und selbst wenn: Ich bin nicht religiös, nicht auf diese Art. Ich würde mich niemals in die Umklammerung einer Religion begeben. Meine Mutter, und darauf käme es im mosaischen Abstammungsrecht entscheidend an, war keine Jüdin. Wir sind, soweit der Überblick in diese Linie meiner Abstammung reicht, immer protestantisch-evangelisch gewesen, brave Lutherböckchen, ebenso väterlicherseits: Papa nannte sich Friedrich Karl Gottlob Freiherr von Varnbüler von und zu Hemmingen, ein Württemberger Protestant.

Früher hieß ich Meyer.

Es ist dies der fadeste Name im deutschen Sprachgehege, egal, ob auf ai, ay, ei oder ey buchstabiert. Den Huber umweht immerhin etwas bodenständig Bajuwarisches, den Müller das Klappern der Mühle am rauschenden Bach, und den Schmi/e/d/dt/tt verbessert die rauchende Esse und das Klingklang des Hammers auf dem Amboss. Der Meyer ist schon durch seine Zahl Masse, und Masse ist – aber lassen wir es. Selbst dieser Name ohne Eigenschaft war geeignet, mich zum Juden zu machen. Es gab nämlich eine Schauspielerin Clara Meyer, im Alter und im Rollenfach meiner Mutter Marie sehr ähnlich, jedoch Jüdin. Angeblich.

»Meyrink« war letzten Endes der Beifang eines Fischzuges – ich hatte wieder einmal ein Netz ausgeworfen, eine größere Menge an okkulten Büchern bei diversen Antiquaren bestellt. Diese hatten, damals zumindest, eine gewisse Neigung, den an mich gerichteten Bücherpaketen den einen oder anderen Irrläufer beizulegen, in der Hoffnung, das Stück würde mein Interesse erwecken oder meine Trägheit den Aufwand einer Rücksendung scheuen. Auf diesem Wege gelangte ich in den Besitz eines Buches, das den Titel trug:

ALLGEMEINES HYDROGRAPHISCHES LEXICON
ALLER STRÖME UND FLÜSSE
IN OBER- UND NIEDERDEUTSCHLAND,
WORINNEN IN ALPHABETISCHER ORDNUNG
MEHR ALS 1000 HAUPT- UND 2500 ZUFLÜSSE
NACH IHREM NAMEN, URSPRUNGE, LAUF UND AUSFLUSSE
NICHT NUR AUSFÜHRLICH UND MIT FLEISS BESCHRIEBEN;
SONDERN ZUGLEICH
DIE NÖTHIGSTEN UND WICHTIGSTEN GEOGRAPHISCHEN
MERKWÜRDIGKEITEN VON DEN NAMEN DER
STÄDTE, SCHLÖSSER, FESTUNGEN, KLÖSTER, FLECKEN,
DÖRFER ETC,
DIE AN DENSELBEN LIEGEN,
KÜRZLICH, ANGENEHM UND AUFRICHTIG
ERZÄHLET WERDEN.

Dieses also lag in dem Paket – und es ist mir kaum möglich darzustellen, wie gewaltig es mich charmierte. Es blickte mich an wie ein junges Kätzchen und maunzte: *kürzlich, angenehm und aufrichtig erzählet.*

Damals war ich drauf und dran, meine erste Novelle an den *Simplicissimus* zu schicken. Das Manuskript steckte schon im Umschlag, meine Adresse an die Redaktion lag gültig formuliert bei, nur den Absender hatte ich noch zu ergänzen. Mein Meyer genierte mich, und ich vertat Zeit mit nutzlosen Dingen, während mir etwas im Sinn umherging.

Ich vertrat nämlich damals die Ansicht, jeder junge (oder zumindest beginnende) Schriftsteller denke über einen *nom de plume* nach – schließlich begann ja eine neue Periode im Leben, in gewissem Sinne machte ich eine Wandlung durch, die nicht umkehrbar sein würde, nicht einmal im Fall meines totalen Misserfolgs. Dann wäre ich eben ein erfolgloser Schriftsteller. Ich blätterte im Prager Adressbuch, ich ging über die Friedhöfe und buchstabierte verwitterte Inschriften –, und am Ende fand ich meinen Namen in dem Flusslexikon:

M-,

Me-,

Mey-,

Meyring,

crainerisch Mirna, ein Flüssgen im Herzogtum Crain, quillt bei dem Schlosse Gallenstein im Mittelcrain hervor, und schweift etliche Meilen herum, bis es zwischen Sauenstein und Tarischendorf, nachdem es die Graharza und Rakavka oder Kreisenbach eingenommen hat, von dem Saustrom aufgefangen wird und diesen verstärket.

Diese Beschreibung eines kleinen, völlig unbedeutenden Flusses ergriff mich sofort. Es schien mir wie eine ideale Topographie des Berufes, den ich im Begriffe war zu ergreifen (obwohl ich später, einmal etabliert, versucht hätte, eine Formel wie »im Begriffe sein zu ergreifen« vermieden hätte). Hervorquellen, herumschweifen, einnehmen, auffangen, verstärken – so stellte ich mir das Schreiben vor, und so erfuhr ich es, wenn es gelang. Wenn nicht: andere Sache.

Das Einzige, was mir an Meyring nicht gefiel, war das laue Abklingen im g. Es erinnerte mich zudem entfernt an Mayerling, jenes Jagdschloss im Wienerwald, in dem der Thronfolger Rudolf seine Geliebte und sich selbst umbrachte. (Übrigens sollen auch das die Freimaurer gewesen sein; jedenfalls hat dies manche Person am Wiener Hof gestreut; ich selbst aber hatte im Februar 1889 in der *Wiener Zeitung* das Gutachten der k. u. k. Leibärzte gelesen: Selbstmord durch Erschießen, im »Zustande der Geistesverwirrung«. In Wahrheit dürfte diese Diagnose nur eine kleine Gefälligkeit für seine Kaiserliche und Königliche Apostolische Majestät Franz Joseph 1. nebst Gemahlin gewesen sein, um dem armen, von der Syphilis zerfressenen Rudolf ein katholisches Begräbnis in der Kapuzinergruft zu ermöglichen. Aber bitte, wenn es die Freimaurer gewohnheitsmäßig auf die österreichischen Thronfolger abgesehen haben, dann wird es niemanden verwundern, wenn sie auch den von Sarajevo auf dem Gewissen haben, nicht? Ich sollte mir eine Notiz machen und sie zu den anderen tun.)

Ich entschied mich für das k am Ende: Mey-rink. So beginnt es weich und offenlippig mit dem Mey, und dann rollt wie ein Echo das rin zurück, und es endet mit dem scharfen

Klacken eines k. Ein bisschen, dachte ich mir damals (sicher ein wenig zu kokett), wie ein fallendes Beil: Aber so wollte ich schreiben; es gab und gibt schließlich einige Rechnungen mit der Welt zu begleichen, und dies tut man am besten mit harter Münze, Stück für Stück auf die Hand gezählt. Manches Mal muss ich das wohl übertrieben haben: denn gelegentlich fand ich mich als Meyrinck geschrieben.

Hermann Hesse, dessen Werke ich furchtbar finde, gratulierte mir per Zeitungsartikel zum fünfzigsten Geburtstag mit den Worten, ich hätte »gefährliche, üble Seiten«. Danke, Kollege: gut gesehen. Eine Dame, die es vorzog, anonym zu bleiben, schickte mir – angeregt durch mein Abbild in irgendeiner Zeitschrift – ein Postkärtlein ins Haus: *Genau so hatte ich es mir vorgestellt, dies widerliche Gesicht mit dem ausgeprägt jüdischen Typus, dieser zynische Zug mit dem gemeinen Mund, diese gewöhnlichen Hände, aus deren Form man schon die gemeine Denkungsart des Besitzers ersehen kann. – Ohne Gruß. Eine deutsche Frau für viele.* Ich werfe Post, nachdem sie gelesen ist, sofort weg; aber dieses Kleinod behielt ich mir: Ist immerhin ein seltenes Zeugnis der Wirksamkeit von Literatur. Doch als man in Starnberg anfing, mir die Ladentüren vor der Nase zuzuwerfen, als Straßenarbeiter Erdbrocken nach mir schleuderten und andere mich auf offener Straße anpöbelten – man bedenke: nicht in Berlin, in Starnberg! –, begann ich über das Sprüchlein »Viel Feind, viel Ehr« nachzudenken: nicht so sehr meinetwegen, aber ich habe Familie. Wer sagt mir denn, dass die Teutobolde sie nicht in Sippenhaft nehmen und ebenso schmähen wie mich?

Diese üble Sache ist ein gutes Jahr her (falls sie nicht

noch andauert). Sie ging von Hamburg aus, wo ich zwei meiner Jugendjahre verbrachte, zog ihre Kreise in den üblichen Sphären und suchte mich endlich heim: Dafür, dass der *Land- und Seebote,* unsere Zeitung hier, ein ziemlich kleiner (aber giftiger) Köter ist, machte er mir einen Riesenhaufen vor die Tür. In einem seltenen Anfall gelingender Betitelung ließ die Redaktion das Wort »Modergestank« über einen – natürlich anonymen – Artikel setzen. Der namenlose Feigling schrieb: Die ganze Welt sei gerade dabei, deutsche Art und deutsches Wesen herabzuwürdigen, aber niemandem gelänge es so gut wie dem leider hier in Starnberg lebenden deutschen Schriftsteller Gustav Meyrink, *die deutschen Frauen in den Kot zu ziehen.*

Mitnichten die Frauen als solche: die Pastorenfrauen, das sind die Furien, die hinter mir her sind, meist in Form höchst empörter, selbsternannter männlich-arisch-national gesinnter Ehrenretter. Nur eine einzige per Trauschein zertifizierte Gattin eines evangelischen Pfarrers verklagte mich; wurde jedoch abgewiesen: Freiheit der Kunst. Ein gewisser Zimmermann, Beiträger eines Blattes namens *Deutsches Volkstum,* hat ebenfalls Schwierigkeiten mit Satire. Deswegen hat er mich, Oktober 1917 war's, in dem Blatt in beispielloser Weise angegriffen; er bemäkelte meinen Umgang mit dem Militär, mit Patrioten, dem heiligen Nationalen, dem allerheiligsten Deutschen ... So wie der nüchtern klar Sehende von den Besoffenen herumgepummelt wird, so kam und komme ich mir vor. Ich bin von Natur kein ängstlicher Mensch. Ich lasse mich nicht leicht einschüchtern, Kämpfen gehe ich nicht aus dem Weg (wovon das Prager Offizierskorps zu berichten weiß), sofern sie nach den Regeln der

Kunst geführt werden. Doch nun glaube ich zu fühlen, was ein Frontsoldat empfindet, wenn die Granaten, die erst über ihn hinweggeflogen sind, näher und näher einschlagen.

Deutsches Volkstum, ein Antisemitenhetzblatt, sagte mir Mühsam. (Immerhin muss ich dafür danken, dass man mich mit Heine, ebenfalls ein begabter Volksvergifter, verglichen hat.) – Und warum ich denn nicht Rabbinerfrauen ins Visier nähme? Kann ich dir sagen, Zimmermann: Weil Leute wie du sich an solchen Frauen abarbeiten, ihren Männern, den Rabbis, überhaupt an allen Juden und anderen eingebildeten Feinden des Volkes – wahrscheinlich sogar an den Freimaurern, was weiß ich; es gibt einfach zu viele Idioten auf der Welt, um sich um jeden einzelnen zu kümmern. Und weil es immer Grund genug gibt, euch, die ihr alle anderen quält, an den Weichteilen zu packen, dorthin zu langen, wo es euch weh tut. Darum schreibe ich in meiner Novelle *Der Saturnring* über die »Pastorenweibsen«, und darum schreibe ich einen Satz wie *Eine glatt gescheitelte sächsische Betthäsin mit blauen Gänseaugen war es,* nenne ich sie ein *pinselblondes deutsches Biest*. Weil es euch wahnsinnig macht! Ich habe eine ganze Schnur von Pastorenweibsen belauscht, wie sie rastlos sich »nützlich machen«, Versammlungen abhalten »zur Aufklärung von Dienstboten«, für die armen Negerkinder, die sich der göttlichen Nacktheit freuen, warme scheußliche Strümpfe stricken, Sittlichkeit verteilen; und wie sie uns arme geplagte Menschheit belästigen: man solle doch Stanniol sammeln, alte Korke, Papierschnitzel, krumme Nägel, damit – »nichts verkomme«.

Rast nur, rast nur.

Klingt denn Meyrink wirklich so jüdisch? Sogar im

Land- und Seeboten wird es behauptet. Soll ich ihnen meinen Taufschein ins Maul stopfen? Mein Name steht im *Semi-Kürschner*. Doch mir gereicht es zur Ehre, wenn ein glühender Antisemit mich in seinen Katalog der wahren und der im Wahn zu Juden Gemachten reiht.

Natürlich, der *Golem* zehrt von der Kabbala. Die Geschichte spielt im Prager Ghetto, es gibt einen wundertätigen Rabbi, den Golem. In *Das grüne Gesicht* geht Ahasver, der ewige Jude, um – nebst anderen. Na und? Hält irgendjemand (außer vermutlich dieser Herr Zimmermann) Karl May für einen Indianer? Oder den Ganghofer für einen Wildschützen? Heilige Einfalt! Man muss kein Klempner sein, um über einen tropfenden Wasserhahn zu schreiben. Man braucht nicht einmal ein Diplom. Und niemand ist befugt, Vorschriften zu machen. Ich schreibe, was und wie es mir gefällt.

Das Einzige, wovor man als Schriftsteller keine Angst haben darf, ist das weiße Blatt Papier – nur davor, was dahinter ist. Ich habe dieses leere Blatt immer als Tür gesehen: Mal drückt man vorsichtig die Klinke und öffnet einen Spalt, manchmal muss man sie beherzt eintreten. Und manchmal steht man eine Ewigkeit vor dieser Tür und wartet auf Einlass: So geht es mir gerade.

Die Schmähkampagne hat mir sehr geschadet. In Wien wurden meine *Gesammelten Werke* beschlagnahmt, *Des deutschen Spießers Wunderhorn* verboten. Brave Buchhändler im ganzen Reich räumten meine Bücher aus den Regalen, frommnationale Leihbibliothekare ebenso. Die Verleger sind vorsichtige Menschen: Würden sie einen neuen

Roman von mir ins Programm nehmen, wenn sie von den Deutschnationalen unter Druck gesetzt werden?

Das Schreiben ist mein Lebensunterhalt, hier beginnt die Sache ernst zu werden. Wenn mein Starnberger Bäcker mich vorübergehend nicht bedienen will, schlimm, aber auch der denkt letztlich nur an seine Brötchen. Immerhin hat sich der »Schutzverband Deutscher Schriftsteller« eingesetzt und eine Erklärung verfasst, die in einigen Zeitungen abgedruckt worden ist. Wedekind und Heinrich Mann haben für mich unterschrieben. Bedeutend akademisch und adelig betitelte Damen und Herren. Sogar eine »Frau Pastor F. Külpe« eilte mir zur Hilfe. Ob pinselblond oder nicht – ich konnte mein Glück kaum fassen und zog beim Rudern vor lauter Lachen Zickzackbahnen über den See.

Und nun soll ich, Gustav Meyrink, laut Zimmermann ein »völkischer Schädling«, der Abertausende bereits verdorben, das Vaterland verspottet und beschimpft hat, ein verschlagener Jude, der die Unverschämtheit besitzt, dieses unumstößliche Faktum nicht zuzugeben – es steht schließlich im *Semi-Kürschner*! Und hieß sein Bankgeschäft damals in Prag nicht Meyer & Morgenstern? –, nun soll ich also Leuten wie Zimmermann aus der Bredouille helfen? Diesen Großmäulern, denen das andauernde Reden über Deutschlands Größe und dessen Recht auf einen »Platz an der Sonne« schon das Hirn hat verdunsten lassen, diesen Großmäulern, die auch nach fast vier Jahren Kriegs-Hurra-Geschrei noch nicht heiser sind, die mit daran schuld sind, dass das Morden auf den Schlachtfeldern noch nicht beendet ist – solchen Leuten soll Gustav Meyrink, der vaterlandslose Geselle, ein bequemes Schlupfloch aus dem von ihnen verursachten Schlamassel weisen, indem er einen Roman schreibt, der die Freimaurer in die Verantwortung zwingt und Zimmermann & Kumpane straflos ziehen lässt?

Was muss dieser Gustav Meyrink, Schriftsteller, Starnberg, für ein mächtiger Mann sein! Ich frage mich dennoch: Wie soll das gehen? So:

Hervorquellen, herumschweifen, einnehmen, auffangen, verstärken.

Recherchenotiz

[»Frau Pastor F. Külpe« (dürfte ordentlich gelacht haben, als sie die Protestnote des Schutzverbandes Deutscher Schriftsteller unterzeichnete)
= Frances Külpe, 1862 (Russland) – 1936 (Tessin). Tochter eines britischen Kaufmanns. Bis 1905 in der Tat »Pastorenweibse«, verheiratet mit dem Pastor Ernst Külpe (†1905). Seit 1902 schriftstellerisch tätig, recht erfolgreich. 1908 wohnhaft in München, später Italien, Schweiz.]

Dominosteine

Meyrinks Schreibzimmer, morgens um halb neun. Der Autor ist entspannt, hat eine Stunde Yoga praktiziert, eine Tasse Tee getrunken, eine Minute auf dem Steg gestanden und über den See geschaut. Sein Kopf ist kühl und klar, die Hand bereit. Die Widerstände sind besänftigt. Er will sich nun einlassen, nun aber wirklich einlassen auf die gestellte Aufgabe. Ohne Zwang zu empfinden – ein leeres Blatt Papier ist Möglichkeit, unendliche Möglichkeit. Künstler, jauchze und frohlocke ob deiner grenzenlosen Freiheit. Atme durch – und schreib.

Im Grunde ist es doch einfach. Stelle zuerst drei Dominosteine so auf, dass sie beim Fallen einander nicht umstoßen: Anfang, Mitte, Ende der Geschichte. Fülle dann die Abstände unter ihnen gleichmäßig mit weiteren Steinen auf, bis eine geschlossene Kette entstanden ist. Tippe den ersten Stein an, und – sofern recht getaktet und sinnvoll gefügt – das Ganze wird sich in einem unaufhaltsamen, zwingenden Lauf selbst erzählen.

Das Attentat auf den Thronfolger Erzherzog Franz Ferdinand. Das muss der erste Dominostein sein. Die Wut der Österreicher. Schon wieder ein vielversprechender Thronfolger dahingemordet, wurde doch schon Kronprinz Rudolf unter den mys-ter-iö-ses-ten Umständen gemeuchelt. Dass er sich selbst die Kugel verpasste – wenn man es je gewusst hat, dann ist es längst vergessen. Kaiserliche Kreise streuen, die Freimaurer seien es gewesen. Diese Kreise lügen nicht, die Presse schon. Merke außerdem: Von zwei Versionen einer Geschichte überlebt stets die interessante, nicht die wahre. Also: Thronfolger ermordet, die reizende Gattin dazu. Die Volksseele kocht und verlangt nach Vergeltung: *Serbien muss sterbien!* Der Täter ist verdächtig schnell gefasst, ein Bürschlein von neunzehn Jahren – aber das kann nicht befriedigen. Noch dazu ist er keine zwei Wochen von seinem zwanzigsten Geburtstag entfernt, man kann ihn also von Gesetzes wegen nicht einmal hinrichten! Auch verdächtig. Der Bursche gehört einer kleinen Verschwörergruppe an. Freiheit für Serbien – ist es das, was sie wollten? Und wenn: Das hätte man doch im Zaum halten können; eine Balkan-Petitesse, da hat's schon schlimmere Krisen gegeben. Aber die Pferde sind durchgegangen, und dann haben sich die apokalyptischen Reiter in die Sättel geschwungen, aus denen sie bis heute niemand hat stoßen können, oder wollen.

Er rollt den Bleistift über das leere Blatt Papier. Oh, die Einzelheiten. Er kann sich nicht mehr erinnern, Juni, Juli, August 1914. Aktion, Reaktion, Depeschen, Verlautbarungen. Es ging so schnell. Erst war Frühling, dann war Krieg. Beste Lösung: den Mühsam fragen. Der ist in den politischen Tagesfragen ein Ass. Soweit man weiß, schreibt er Tagebuch. Solche Menschen haben ein gutes Gedächtnis, und falls es sie verlassen sollte, sehen sie im Tagebuch nach. Zwei Stunden später ist Meyrink im Stefanie. Er stellt die Schachfiguren auf und wartet.

»Sagen Sie, Mühsam«, sagt Meyrink noch einmal eine

Stunde später und schiebt einen Bauern in Reichweite von Mühsams übriggebliebenem Läufer – eine Falle, natürlich –, »dieser Gavrilo Princip, der den Thronfolger erschoss, wonach dann die ganze Malaise kam, war der vielleicht ein Freimaurer?«

Mühsam hat schon den Läufer in den Fingern, bereit, den Meyrink'schen Bauern vom Feld zu fegen, stellt die Figur wieder hin, sagt: »Darauf falle ich nicht herein, Meyrink.«

»Die Frage ist ernst gemeint.«

»Freimaurer? Ach, viel schlimmer noch: Der Princip war ein Gymnasiast. Wo höhere Bildung auf niedere Instinkte trifft … aber wohl auch ein Idealist, wenngleich ein nationalistischer. Und natürlich ein serbischer Panslawist sowie ein Irredentist. Aber ich wusste gar nicht, dass Sie noch an der Sache dran sind. Hätte dieser Roman nicht schon längst fertig sein müssen?«

Meyrink übergeht den letzten Teil der Antwort: »Mühsam! Man fragt Sie etwas, und Sie kommen daher wie ein Botaniker: Gattung dieses, Species jenes, Subspecies das, Abart wie folgt. Ein Haufen -isten und -ismen. Werden Sie doch konkret: Freimaurer oder nicht?«

»Kein Freimaurer. Ich glaube mich jedoch zu erinnern, dass einer seiner Mitverschwörer Freimaurer gewesen sein soll. Nach Aussagen von Princip.«

»Nur einer?«, fragt Meyrink, »nicht etwa doch ein ganzes Netz?«

»Bezweifle ich. Ist das falsche Milieu. Junge Brauseköpfe waren die, nicht bourgeoise Freimaurer. Haben Sie übrigens gelesen, dass er vor kurzem in Theresienstadt jämmerlich zugrunde gegangen ist? Immer angekettet. Einen Arm hat man ihm amputiert, den Verstand verlor er, und zuletzt brachte ihn die Tuberkulose um, heißt es. Stellen Sie sich vor: nur eine winzige Notiz in wenigen Zeitungen. Drei Zeilen im *Deutschen Volksblatt,* und drum herum seitenlang, spaltenlang Frontberichte.«

Verstorben? Nein, das wusste Meyrink nicht. Aus dramaturgischer Sicht war das jedenfalls interessant: Der Übeltäter nimmt sein Wissen um die Hintermänner mit ins Grab. Vielleicht war er sogar vergiftet worden, auch so etwas musste man in Erwägung ziehen.

Mühsam scheint Meyrinks Gedanken mitzudenken. »Lieber Freund«, sagt er, »ich habe just in diesem Moment Ihr Problem gelöst: Da Österreich-Ungarn entschlossen war, infolge des Attentats von Sarajevo Serbien zur Rechenschaft zu ziehen, und der Weltkrieg eine Folge des Krieges gegen Serbien ist, so hat man in dem Burschen Gavrilo Princip den Urheber des Krieges zu sehen. Die Logik ist zwingend! Hängen Sie ihm einfach den Schurz eines Freimaurers um – *et voilà*!«

»Warum ist dann sonst niemand auf die Idee gekommen?«, sagt Meyrink. »Der Knabe wäre doch die einfachste Lösung.«

»Ich hielte es für eine Tragödie der menschlichen Vernunft«, sagt Mühsam, »wenn dieses vierjährige Menschenschlachten von einem verwirrten Gymnasiasten ausgegangen wäre. Das möchte einem glatt den Schädel sprengen. Allerdings erkenne ich darin auch den Stoff einer Komödie.«

»Ich kann mich nicht entscheiden«, sagt Meyrink. »Ist ein Anfang denn dasselbe wie eine Ursache, und jede Tat gleich eine Schuld?«

»Es ist das noble Vorrecht der Nachgeborenen, dies festzusetzen«, sagt Mühsam, »aber manchmal reichen schon ein paar Jahre Abstand: Ihr Glück, Meyrink. Machen Sie sich mal nicht so viele Gedanken, schreiben Sie getrost drauflos. Die Geschichte wird, sofern nötig, die Ihre korrigieren. Besser als ignorieren.«

»Sie haben leicht reden.«

Meyrink setzt Mühsam in sechs Zügen schachmatt und fährt mit dem nächsten Zug nach Starnberg. Er hat es jetzt eilig, nach Hause zu kommen.

Aus dem Schrank holt er das Holzkistchen mit den Dominosteinen. Drei davon stellt er hochkant auf den Schreibtisch, je einen für Anfang, Mitte und Ende des Romans. Kaum zehn Zentimeter sind zwischen den Klötzchen; ihm aber sieht es nach einer riesigen Distanz aus. Die weiteste Strecke ist allerdings die zwischen ihm selbst und dem ersten Stein. Der Läufer von Marathon, denkt er, wusste wenigstens, warum und wohin er lief, und wenn er im Ziel tot zusammenbrach, dann wird es das wohl wert gewesen sein. Würde sonst heute noch irgendjemand von ihm reden?

Der Anfang ist hier das Problem, Mitte und Ende ergeben sich dann von selbst; hofft man zumindest. Aber es bleibt verwirrend: Der fürs Erste einmal angenommene Anfang seiner verfluchten Geschichte – die Ermordung des Thronfolgers – wäre auch das Ende – eher die Mitte – einer anderen Geschichte gewesen: nämlich die der finsteren Freimaurer, die ein paar verirrte junge Serben zum Werkzeug ihrer Kriegs- und Weltherrschaftspläne erwählten und – schwuppdiwupp – den Weltkrieg auslösten.

In diesem Moment sackt Meyrink in seinem Schreibtischsessel zusammen; überwältigt von einer Vorstellung: Er sieht Abertausende Dominosteine in verschlungenen, parallelen und gegenläufigen und kreuzenden Pfaden aufgestellt; Wellen, die einander auslöschen, sich verstärken; er sieht den ersten Stein fallen und den letzten, aber das, was dazwischen passiert – es ist nicht zu verstehen.

Er kippt das Kistchen auf der Tischplatte aus und baut einen Kreis aus allen Steinen. Sehr charmant: Das leidige Anfang-Mitte-Ende-Problem ist verschwunden. Aber hat jemals jemand einen Roman geschrieben, dessen Ende zugleich sein Anfang war? Meyrink holt aus und wischt die ganzen verdammten Dominosteine von der Tischfläche, dass es nur so prasselt. Ich versuche es doch, sagt er, ich versuche es doch.

Recherchenotiz

[Erich Mühsam, *Unpolitische Erinnerungen*]
Schwabing! Ich denke an zahllose Stunden der Vergnügtheit, der Besinnung und des künstlerischen Genusses. Ich denke an Faschingsnächte von maßloser Ausgelassenheit und an Menschen von seltsamem Gehaben, aber genialer Beweglichkeit des Geistes (...).

Ich denke an die trefflichen Schwabinger Mädchen, die Leben und Liebe vorurteilsfrei und unbefangen zu nehmen und zu geben verstanden.
Ich denke an die freie seelische Luft, die Schwabing durchwehte und den Stadtteil zu einem kulturellen Begriff machte. Das ist alles vorbei. Gewisse Ereignisse veranlassten den Münchner Hofbräubürger, Anstoß zu nehmen an den freien Schwabinger Sitten, und er ging ans Ausräumen. Das geschah gründlich; selbst Rainer Maria Rilke wurde ausgewiesen.
Jetzt beschäftigt man sich in München mit der Frage, warum das geistige Leben anscheinend darniederliege. Ja – warum wohl?

Recherchenotiz
Skizze für ein fiktives Interview
mit Gustav Meyrink)

[Unter Verwendung der »Selbstbeschreibung des Autors Gustav Meyrink« in: *Der Zwiebelfisch*, Heft 1/1926, S. 25 f. und Typoskript, *Meyrinkiana* VII.2, Bayerische Staatsbibliothek München; Amanda Boyd, University of North Dakota, *Nationalist Voices against Gustav Meyrink's Wartime Publications* (in: *Monatshefte*, Vol. 105, No. 2, 2013)]

Seit wann schreiben Sie, Herr Meyrink?
Ich war ehemals Bankier in Prag, dann Redakteur in Wien, seit 1900 schreibe ich Bücher.

Erschien nicht Ihr erstes Werk, *Der heiße Soldat*, erst im Oktober 1901 im *Simplicissimus*?
Schreiben und Publizieren sind zwei grundverschiedene Dinge, mein Herr. Das Schreiben dient der Freude, das Publizieren der Ernährung. Im Idealfalle.

Aber was ist mit der Kunst?
Damit haben meine Werke so gut wie nichts zu tun. Was ich schreibe, ist nicht an die Rezepte und Regeln von »Kunstaufbau« oder dergleichen gebunden. Es hat also nur sehr

wenig Berührungspunkte mit dem, was die Oberlehrer aller Kategorien unter »Kunst« und Literatur verstehen.

Ihre Romanwerke der Kriegszeit – Der Golem, Das grüne Gesicht, Walpurgisnacht – wurden von einem Kritiker zu »den vielen unerfreulichen Kriegserscheinungen« gezählt.
So wie Massenmord, Kohlemangel, Steckrüben, Kartoffelschalensammlung und Hungersnot? Es wurde ja auch behauptet, der Golem *habe sich nur deshalb so hervorragend verkauft, weil die wirklich guten Schriftsteller ihre Werke in der Schublade aufsparten, für nach dem Krieg, so dass für Leute wie mich die Bahn frei war.*

Andere sagten auch, die phänomenale Werbekampagne Ihres Verlages Kurt Wolff habe mehr für den Erfolg Ihrer Bücher getan als Sie selbst, der Autor.
Soll das heißen, ein gutes Buch verkaufe sich von selbst? Großartig: Dann würde jeder Autor, der auf sich hält, seinem Verleger die Werbung untersagen, anstatt mehr oder weniger delikat um ein paar Inserate zu betteln.

Meinen Sie nicht, die Menschen wollten die triste Welt der Heeresberichte und Lebensmittelkarten hinter sich lassen und in das Reich der Phantasie, ins mystische Prag des Golem, untertauchen?
Das will ich gerne glauben. Meine Bücher sollen in jedem einzelnen Leser verschiedene Bilder, Gedanken, Einfälle und Gefühle erwecken. Das ist ihr Zweck, nicht aber, wie gesagt, irgendwelchen Kunstregeln und Rezepten möglichst gerecht zu werden.

Und in Zeiten der nationalen Krise – muss sich da der Schriftsteller nicht dem übergeordneten Interesse beugen, erbauend statt zersetzend wirken?

Sie wollen mich wohl auf den Arm nehmen.

Ich, Schriftsteller

Der Schmerz brachte mich zum Schreiben. Der Rückenschmerz, nicht der Weltschmerz.

Wenn es Letzterer gewesen wäre, hätte ich nicht zur Satire tendiert, sondern zum Poem. Denn Schmerzen machen aggressiv, und Satire ohne Aggression ist nichts wert. Beim Lachen zeigt man die Zähne – oder nicht? –, das wird seinen Grund haben.

Die Rückenmarkerkrankung, welche mich kurz vor der Jahrhundertwende ergriffen hatte und über mehrere Jahre peinigte (bis heute ist ein leichtes Hinken zurückgeblieben), führte mich im Sommer 1900 in *Lahmanns Sanatorium* bei Dresden, das berühmt für natürliche Heilungsansätze war. Beamteten und akademischen Ärzten vertraute ich schon damals nicht. Ich fand bei Lahmann sowohl einen Spezialisten für die Krankheit als auch Ansprache und Zerstreuung für die Stunden zwischen den ärztlichen Konsultationen, in welchen mich oft der Jammer packte.

Überhaupt dort angekommen zu sein musste ich als Wunder betrachten: Nach der Weisheit der Kapazitäten Pick und Krafft-Ebing hätte ich längst in ein weißes Leichenhemd gehüllt unter der Erde liegen müssen. Lahmanns ausgesprochen komfortables Sanatorium – man lebte in Villen, wandelte in einem großen Park und aß vorzüglich – wurde auch von Künstlern und Intellektuellen frequentiert, die hier ihresgleichen vorzufinden hofften.

Was nicht hieß, dass die Herrschaften nicht gerne und ausführlich den Austausch über ihre Gebrechen und Beschwerden suchten und, wie es in dieser Kaste üblich ist, in der Ausmalung ihrer Malaisen weder an Farbe noch an kräftigen Adjektiven sparten. Ich stellte fest, das beste Rezept gegen diesen öden und gelegentlichen abstoßenden Wettlauf um die größte Warze war, selbst die Konversation zu dominieren. Ich konnte mich damals zwar weder zu den Intellektuellen noch den Künstlern zählen, aber dank meiner modischen, im englischen Stil gehaltenen und aus englischen Stoffen von Salomon Kisch geschneiderten Anzüge, nun, um im Englischen zu bleiben: *I cut a very fine figure*.

Dazu noch umwehte mich ein gewisser Ruf, den aus Prag stammende Patienten ins Sanatorium eingeführt und eifrig verbreitet hatten. Die Herren und die wenigen Damen verstummten in ihren Lazarus-Klagen, wenn ich ihnen Wahres und dreist Erfundenes von meinen Expeditionen ins Übersinnliche und Okkulte auftischte. Üblicherweise endeten diese Zusammentreffen am Teetisch, im Pavillon oder am Trinkbrunnen damit, dass einer der Zuhörer in die Hände klatschte und sagte: »Das müssen Sie aber aufschreiben, werter Herr Meyrink!«

Ich dachte gar nicht daran.

Einen Sänger fordert man nicht zum Komponieren auf, einen Stallknecht nicht zum Reiten. Schreiben, schön und gut – die Geschäftskorrespondenz wickelte ich zuverlässig ab, mit meinen spiritistischen Führern wechselte ich Briefe, gelegentlich machte ich eine Notiz für den Ruderclub oder

Skizzen einer zu haltenden Ansprache. Wenn man etwas Handfestes zu sagen hat, dann wird man es wohl aufschreiben können. Aber ein Produkt der Phantasie? Seifenblasen, so schön sie auch schillern, kann man nicht ins Album kleben. So genoss ich den kurzen Beifall und anschließend vor allem die wieder eingekehrte Ruhe.

Eines Nachmittags aber nahm mich ein Herr ins Visier, der mir bei einigen Gelegenheiten aufgefallen war. Vom Äußeren konnte er es durchaus mit mir aufnehmen – ein Elegant im weißen Anzug, dazu weiße Wildlederschuhe, Stöckchen, Strohhut und – grüngelb geringelte Socken. Zehn Jahre zuvor wäre ich mit ihm auf der Prager Kleinseite in Konkurrenz um den schicksten Anzug getreten. Ich glaube, ich hatte über die tibetanischen Drugpa-Mönche gesprochen, und als er näher trat, wusste ich bereits, was er sagen würde. Und das tat er auch: »Sie sollten das niederschreiben, mein lieber Herr Meyrink.«

Und ich wollte zu meinem Sprüchlein ansetzen – aber nein, nein, dieses Geplauder ist es sicher nicht wert –, da sagte er: »Ich kann Ihnen das Handwerk beibringen.«

Er stellte sich vor als Oscar A. H. Schmitz, Schriftsteller. Ich kannte ihn nicht; belesen (soweit es die schöne Literatur betrifft) hat man mich nie nennen können. Sein Angebot habe ich zunächst dankend, aber nicht endgültig abgelehnt; ich wolle es mir überlegen. Später machten wir viele gemeinsame Spaziergänge im Park des Sanatoriums und in den Elbauen. Ich ging langsam am Stock, erzählte viel, nicht um Schmitz zu übertönen, sondern weil er ein anregender und zurückhaltender Gesprächspartner war, zudem bewandert in den okkulten Dingen. Während wir gingen, trennte ich mich von meinem Erzählfluss, um, so wie ein Segler bei lauer Brise das Ruder festzurrt und locker nur die Schoten fasst, meinen Gedanken und Worten bei der Entstehung zuzusehen und um auszuloten, welche Möglichkeiten wohl bestünden, zumindest die Worte auf ein Stück Papier zu bringen.

Noch im Sanatorium begann ich, ein paar Versuche anzustellen. Ich ging es an wie der Alchemist, der ich eine Zeitlang gewesen war: Zutat – Verfahren – Wandlung – Resultat. Immer wieder, wochenlang, Mal um Mal unter minimal veränderten Versuchsbedingungen. Ich verschwendete eine Menge Papier und literweise Tinte, verschliss Blei, doch das, was ich schrieb, misslang jämmerlich, und ich wagte nicht, es Schmitz zu zeigen. Etwas schien fundamental falsch an meinem Ansatz: Ich war wie ein Gärtner, dessen blühende Setzlinge verkümmerten, sobald er sie einpflanzte.

Warum ich es dann nicht einfach ließ? Sehr einfach: Meine Bankgeschäfte liefen schlecht, alle meine Geschäfte liefen schlecht – Schreiben erschien mir als eine neuartige Möglichkeit zum Gelderwerb. Ich weiß, dass ein solcher Beweggrund unter wahren Literaten zumindest Nasenkräuseln verursacht, aber mir ging es nicht um Herzensergießungen, sondern darum, ein Spiel und seine Regeln zu erlernen. Und der Bankier in mir sagte: Da ist ein Kapital in dir – vergolde es! Nur brachte mich das nicht weiter. Bis sich mir ein Zugang auftat, den ich lange übersehen hatte.

Nach meinem Eintritt in die Theosophische Gesellschaft der Annie Besant – viele Jahre vor dem Sanatoriumsaufenthalt – hatte ich mich in einem Eifer, der an Furor grenzte, den seltsamsten Prozeduren ausgesetzt: Ich lebte nur von

Vegetabilien, schlief kaum mehr, genoss zweimal täglich je einen in Suppe aufgelösten Esslöffel *gummi arabicum,* machte Nacht für Nacht acht Stunden lang verschiedene Übungen, dabei den Atem anhaltend, bis ich Todesrütteln empfand. Zu Neumond ritt ich in finsterster Nacht auf einen Hügel nahe Prags, setzte mich ins Asana und starrte auf einen Punkt am Himmel, bis es dämmerte. Einmal tat ich dies auf einer Bank an der Moldau, im tiefsten Winter, da es wegen des Schnees nicht möglich war hinauszureiten. In meinen dicksten Pelz gewickelt und dennoch frierend, starrte ich unbewegt in den Himmel und mühte mich, das zu erlangen, was meine Lehrerin Besant mir als »inneres Schauen« erklärt hatte. Vorgenommen hatte ich mir, ein Bildnis des Buddha Gotamo zu erschauen. Ich saß und saß und fror und fror, und nach fünf Stunden schlich sich in meine Versenkung eine Frage ein – wie spät es wohl ist? Und plötzlich sah ich in einer unerklärlichen Schärfe und Grellheit ein Zifferblatt am Himmel stehen. Die Zeiger wiesen zwölf Minuten vor zwei. Ich wendete mich um und erkannte auf der Turmuhr hinter mir dasselbe Zifferblatt – das die dieselbe Uhrzeit anzeigte.

Dieses innere Schauen gelang mir danach immer öfter und leichter; schließlich konnte ich es fast beliebig anwenden. Eine bevorzugte Übung bestand für mich darin, ein mir beim Zeitunglesen im Kaffeehaus häufig erscheinendes Seilknäuel zu entwirren, es Schlinge für Schlinge aufzulösen und dann wie ein Ankertau aufzurollen.

Dies alles fiel mir wieder ein, als ich, zurück in Prag, nach dem x-ten gescheiterten Versuch, mein Geschichtlein aufzuschreiben, fast schon aufgeben wollte. Idiot, schalt ich mich, es ist doch immer besser, zuerst in sich selbst zu suchen.

Mein größter Fehler war mir klargeworden: Ich dachte in Worten und nicht in Bildern.

Ich suchte immer das eine und bestimmte Wort, das alle Last tragen sollte. Ich stopfte die Wörter und die Wörter in die Sätze (so wie man Gänse zur Erzeugung einer fetten Leber stopft), in der Hoffnung, sie bedeutungsprall zu machen; doch sie wurden nur unverständlich, flach und grau, und das Knäuel meiner Gedanken verwirrte ich damit noch weiter.

Als erste Maßnahme zur Lösung des Knäuels schob ich meinen Schreibtisch vor ein Fenster, aus dem ich in der Ferne den Hradschin sehen konnte. (Seitdem habe ich nie wieder irgendetwas Brauchbares geschrieben, wenn ich nicht weite Sicht hatte. Man muss die Augachsen parallel stellen können. Der schielende Blick aufs Papier, auf eine Wand oder einen Blumentopf, was auch immer, lässt die Bilder nicht kommen, erzeugt höchstens Trugbilder oder Sätze, die aus Verzweiflung geschrieben werden. Ich empfehle auch, jede Art von Uhr aus dem Raum zu entfernen, besonders die tickenden oder solche mit Schlagwerk. Der einzige Taktgeber beim Schreiben soll der – nach Möglichkeit verlangsamte – Schlag des Herzens sein. Und in der Einrichtung des Arbeitstages folge man dem Sonnenlauf oder, bei nocturner Veranlagung, dem des Mondes. – Ende des praktischen Teils.)

Nun gelang, was gelingen sollte. Von da an dachte ich in Bildern, die ich sah, als seien sie leibhaftig, nein, viel mehr als das, hundertmal klarer und wirklicher. »Visionen«, wie man sagt, aber nicht verschwommen, verschleiert, undeutlich. Um es abzukürzen: Schmitz hat mir ebenso wenig das Schreiben beigebracht, wie die Ärzte mich von meinem Rückenmarkleiden geheilt haben. Aber Schmitz hat einige meiner frühesten Novellen durchgesehen, ein paar Anfängerfehler ausgemerzt und mit manchem Rat durchaus für die Vervollständigung meines Handwerkszeugs gesorgt. So wichtig das innere Sehen ist, so sehr braucht es den äußeren Blick; einen, der den glühenden Text in Form schlägt, und einen, der das Stück zur Härtung in Eiswasser taucht und sieht, ob es sich nicht verzieht oder bricht, und – wenn doch – wieder ins Feuer wirft.

Schmitz erschien im richtigen Augenblick in meinem Leben, so haargenau auf den Punkt, dass ich das nicht als Zufall sehen konnte: Schmitz war ein *Lotse*. Ein Lotse weist den Weg, er geht nicht mit dir, jedenfalls nie den ganzen Weg. Er war es auch, der mir von einem anspruchsvollen Witzblatt erzählte, das meine Geschichten mit Kusshand nehmen würde. Meine Phantasie und – manchmal – gehässige Einstellung zu allen möglichen Ständen und Gegenständen seien dort am richtigen Platz.

Der *Simplicissimus* in München hat dann in der Tat meine erste Novelle abgedruckt. Ich wurde sozusagen zweimal Schriftsteller: einmal, unwissend, auf einer Steinbank am Moldauufer, das andere Mal, als ich mir den *Simplicissimus* kaufte und die Seite aufblätterte, wo ich stolz und erleichtert las:

Der heiße Soldat
von
Gustav Meyrink

Diese erste abgedruckte war allerdings nicht jene allererste Geschichte, die mir gelang, sobald ich die richtige Einsicht ins Schreiben gewonnen hatte; die habe ich mir aufgehoben, unfertig, wie sie ist. Vielleicht werde ich sie mir noch einmal vornehmen, wenn ich bereit bin, auch das Schreiben zu lassen. Denn dieses ist nicht so wichtig – wichtig ist das innere Schauen.

Recherchenotiz

[Akten des Bundesarchivs. Signatur R901/71465, Blatt 17 u. 18]
Nachrichten-Abteilung, Berlin, den 17. August 1918
A. N. B.Nr. 12949

Sehr geehrter Herr Meyrink!

Ich werde in den letzten Tagen des Monats oder auch den ersten des September einige Tage in München zubringen und würde gerne die Gelegenheit wahrnehmen, Sie aufzusuchen und mit Ihnen über Ihren Roman zu sprechen. Nach dem, was ich gehört habe, ist er ja schon ziemlich fortgeschritten, und vielleicht können Sie mir sogar schon etwas daraus zu lesen geben. Wie dem auch sei, jedenfalls würde ein kleiner mündlicher Meinungsaustausch der Sache wohl förderlich sein, und ich wäre Ihnen für eine Nachricht dankbar, ob Sie um die angegebene Zeit in Starnberg zu treffen sind.

Mit verbindlichen Grüßen
H[ahn]

Schauen

Nur mit dieser elenden Freimaurersache will das alles nicht funktionieren.

Erst hat Meyrink es nicht versucht, jetzt, wo er will, geht es nicht. Schon früher hat er länger warten müssen; das ist für sich noch kein Grund zur Beunruhigung.

Er blickt über den See ans andere Ufer und darüber hinaus in die Sterne. Auf einem kleinen Tischchen ist alles bereitet, Papier, Stift. Kein Geräusch, ihn zu stören. Nur der See atmet in langen, leisen Wellen, und sein Herz schlägt im selben Rhythmus. Seit Stunden hat er sich nicht bewegt. Er sitzt im Padmasana unter dem Dachfirst, im Yogazimmer. Nichts kann ihn ablenken. Keine Uhr. Nur der halbe Mond auf seiner Bahn und der träge schleichende Schatten des Fensterkreuzes machen die Zeit sachte spürbar.

Er wartet. Und wartet.

Die Augachsen parallel heißt: Er sieht nicht auf einen Punkt. Auf-den-Punkt-sehen ist der Modus Operandi des forschenden Verstandes, und der wird jetzt nicht gebraucht, ist sogar schädlich. Ist der Angelhaken, der sich im Gestrüpp verfängt oder eine Blechdose herauszieht. Augachsen parallel heißt: nirgendwo hinsehen. Das Bild, auf das er wartet, wird von innen kommen. Es findet seinen Platz, wenn es ihm kein anderes streitig macht.

Warten. Warten. Mond geht rechts, Schatten links –

Schau: ein Buch. Ein Buch, schön gebunden. Nicht sehr dick. Schutzumschlag, farbig.

Ein Buch? – Sieh auf den Titel.

Freimaurerroman. Von Gustav Meyrink.

Ach nein. Was zeigt die Illustration?

Freimaurersymbole: Zirkel, Winkelmaß, Schlachtfeld, sterbender Soldat.

Schlag es auf. Zeig die Titelei … Verleger … Kurt Wolff Verlag? … weiter … weiter … erste Seite. Wie beginnt es?

Wie dieses Buch.

Wie dieses? Welches? Unsinn, Unsinn. Blättre weiter …

Leere Seiten, leere nummerierte Seiten.

Lies die erste Seite.

Meyrinks Oberkörper beginnt zu pendeln. Unwillkürlich hat er nach dem Bleistift gegriffen. Das Bild verschwindet.

Verdammt, ruft er, verdammt!

Er probiert es noch einmal, aber das Bild lässt sich nicht mehr herbeizwingen. Der Buddha Gotamo konnte tagelang stillsitzen und schauen. Der Buddha vom Starnberger See gibt auf, als die Sonne aufgeht.

Die erste Post am Vormittag bringt einen Brief aus Berlin. Meyrink legt ihn vor sich auf den Küchentisch und macht keine Anstalten, ihn zu öffnen. Mena schiebt ihm ein Messer hinüber: »Mach doch auf. Vielleicht ist es wichtig.«

Meyrink sagt: »Solche Briefe kann ich durch das Kuvert hindurch lesen.«

»Und, was steht drin?«, sagt Mena.

»Was soll schon drinstehen? Hahn drängelt wieder. Seine Chefs heizen ihm ein. In Berlin haben sie Fracksausen. Die ganzen Offensiven des Jahres waren für die Katz. Die müssen jetzt eine ganz neue Geschichte erzählen. Können sie aber nicht. Also muss Gustav Meyrink an die Front! Hahn hat Angst, dass mein Roman von der Realität überholt wird. Aber er kennt meinen neuen Plan nicht.«

»Was ist der neue Plan?«, fragt Mena erwartungsgemäß.

»Ein Roman, der alle Zeiten überdauert«, sagt Meyrink, »weil er nicht in der Zeit ist.«

Ich, Okkultist

Vielleicht hat mir das Sinnliche nie gereicht, genauso wenig das Sichtbare. Das, was jeder sehen kann, interessiert mich nicht. Vielleicht hatte ich aber auch genug vom Sinnlichen und habe mich deshalb für das Übersinnliche interessiert? Der Drang als solcher ist auch gar nichts Besonderes: Jeder, der mit Überzeugung in die Kirche, die Moschee oder die Synagoge geht, weiß, wovon ich rede. So sind die Menschen; der Gläubige wird respektiert (der Anders- oder Nichtgläubige gelegentlich auch missioniert).

Dass man mich, bei meiner Suche nach dem Übersinnlichen, stets misstrauisch, höhnisch oder verächtlich angesehen hat, liegt daran, dass ich eben weder Kirche noch Moschee noch Synagoge besuche – aber alles andere, was es unter der Sonne und in ihren tiefsten Schatten gibt, probiert und erforscht habe. Verkündete Wahrheiten, ausgerufene Weisheiten sind nur das Zaumzeug, das man sich selbst willig anlegt. Das muss man nicht verdammen. Ohne Religion würden die meisten in einen Abgrund taumeln und zusammenbrechen wie Lahme, denen man die Krücken wegschlägt. Allerdings – man kann – man sollte – die Krücken selbst wegwerfen. Dann, wenn man reif genug ist zu akzeptieren, dass der Weg zur Erkenntnis mühsam sein kann. Schnecke oder Schwalbe, ein jedes kommt zum Ziel.

Es begann damit, dass ich ein Ende setzen wollte. Mir selbst. Den Revolver hatte ich schon in der Hand. Ich war vierundzwanzig Jahre alt und schon bereit für die Fahrt über den Styx. Die Gründe sind einem vernebelten Verstand und einem verwirrten jungen Gemüt zuzuschreiben: Liebeskummer, Ennui, ein trüber Blick in die Zukunft, der konstante Ärger mit dem Bankgeschäft. Vielleicht wollte ich dem Schicksal auch nur drohen. Ich saß lange am Schreibtisch und drehte die Revolvertrommel – in jeder Kammer steckte eine Patrone, und ich konnte nicht entscheiden, mit welcher ich mich erschießen wollte, selbst wenn jede der sechs diese Aufgabe gleich gut erledigen würde. Zum wiederholten Male war ich nahe daran, mir die Mündung an die Schläfe zu setzen und den Abzug zu drücken, da sah und hörte ich etwas Flaches, Helles von der Wohnungstür her über die Dielen flitzen. Ein Ungeziefer, dachte ich. Es schien mir unpassend, mein bedeutsames Vorhaben unter dem frechen Treiben irgendeines vier- oder sechsbeinigen Getiers zu vollenden, so legte ich den Revolver ab und rollte eine Zeitung zusammen. Es war aber – ein Kuvert, das wohl der Austräger meines Buchhändlers unter der Tür durchgeschoben hatte. Dem konnte ich nicht widerstehen, und ich entnahm dem Kuvert ein Heftchen, wenige Seiten stark. *Über das Leben nach dem Tod* lautete der Titel. Das war ja gerade noch rechtzeitig eingetroffen. Jetzt plötzlich zitterte meine Hand – als sie noch den Revolver umgriffen hatte, war sie völlig ruhig gewesen. Ich begann zu blättern. – Damit änderte sich mein Leben, von Grund auf – und nicht nur, weil ich den Revolver weglegte. In irgendeiner Schublade rostet er noch immer vor sich hin.

Das Heft besitze ich schon lange nicht mehr; ich weiß nicht, wo es abgeblieben ist. Es war im Inhalt nicht bedeutsam, bloß ein oberflächlicher Abriss des Spiritismus in den Spielarten, die man damals kannte, es nannte die Namen, von denen man damals sprach. Die Lektüre entfachte jedoch aus dem Funken, der in mir bis dahin unbewusst glühte, ein Feuer, das mich in den folgenden Jahren fast zerfraß. Es geschah, weil der »Lotse« das erste Mal in mein Leben eingriff. Nachdem ich das Heft in einem Zug durchgelesen hatte, fiel ich in einen traumlosen Schlaf.

Als ich erwachte, hörte ich mich – ich glaubte zumindest, ich sei es gewesen – sagen: »So fährt man nicht über den Styx.« Ich sprach, aber es waren die Worte des Lotsen, der Nachhall eines Zwiegespräches zwischen mir und ihm – wer immer er sei. Das herauszufinden, ließ ich mich willig von Irrlichtern nasführen und blenden. Eine Zeitlang bin ich jedem Phantasten, Wahrsager und sonstigen Narren in Böhmen nachgelaufen wie die unglücklichen Kinder von Hameln dem Pfeifer. Diese Leute brauchten nicht einmal eine Zauberflöte. Die unglaublichsten Dinge konnte man mir erzählen, unmögliche Fähigkeiten behaupten und unhaltbare Versprechungen machen.

Ich sagte nur: Warum nicht? Hätte man mir damals gesagt: Die Freimaurer haben den Dreißigjährigen Krieg, den Spanischen Erbfolgekrieg und den Amerikanischen Bürgerkrieg angezettelt – es hätte mich zwar kaum interessiert, aber: Warum nicht? Das Okkulte, das »Verborgene«, ist nur das, was wir noch nicht wissen. Blitz und Donner – vor zweihundert Jahren glaubten wir noch, Geister steckten dahinter. Inzwischen haben wir Blitz und Donner entgöttert;

die ganze Natur haben wir entgöttert, weil wir es können. Aber die letzten Fragen, die wichtigen, sind deswegen nicht beantwortet.

Eine fürchterliche Angst, etwas zu verpassen, hatte mich gepackt. Und ich glaube an die Überlegenheit meiner Methode: Durch das Aussondern des Untauglichen würde am Ende das Wahre übrigbleiben. Nicht elegant, aber unfehlbar. Sieben endlose Jahre dauerte diese erste Periode an. Ich traf Fakire, Derwische und Brahmanen, Hellseher und Geisterseher, Mesmeristen und Spiritisten, Hypnotiseure und Magnetiseure, Freimaurer und Astrologen, Vegetarier und Arier, Kabbalisten, Alchemisten, Hermetiker, Eingeweihte und Erleuchtete, Verwirrte und Abgefeimte. Ich trat in geheime Gesellschaften ein und wieder aus.

Die Fixsterne, nach denen ich navigierte, hießen Paracelsus, Böhme, Swedenborg, Rosencreutz, Blavatsky, Kerning, Lorber … und einer nach dem anderen erwies sich früher oder später als Sternschnuppe. Ich murmelte Beschwörungen, rückte Tische, ließ Buchstaben auf meiner Haut erscheinen, atmete wechselweise durchs linke oder rechte Nasenloch ein oder aus, hielt die Luft an, ich rauchte Haschisch mit System und sagte im Rausch Börsenkurse zutreffend voraus (nur leider nicht die jener Aktien, die ich selbst besaß). Die Listen sind nicht vollständig, sie dienen nur der Illustration meiner Irrwege, die, auf Papier gebracht, wie das Gekritzel eines Kindes oder kompletten Narren aussähen. Ein kompletter Narr war ich in der Tat.

Doch wenn ich auf die Landkarte meiner früheren Wanderungen schaue, dann entwirrt sich dem irrwitzigen Knäuel ein dünner starker Faden, dessen Ende noch nicht abzusehen ist. Das ist der Weg, den ich gehe; der Weg des Yoga. Auf diesen Weg hat mich der Lotse gewiesen, dessen bin ich mir sicher. Er sprach zu mir auf vielerlei Weise, auch durch die Bücher, die auf seltsamen Pfaden in meine Hände gerieten. Natürlich wendete ich auf diese aufkeimende Hoffnung zunächst meine Methode an, die bald zur Besessenheit ausartete, und wie üblich ging sie einher mit unmäßigem Büchererwerb und Korrespondenz in alle Welt. Wenn ich auf den Namen eines Menschen gestoßen war, von dem ich glaubte, er sei in den Yoga eingeweiht, heftete ich mich auf seine Fährte wie ein Bluthund. Nur ein Beispiel: Ich hörte von einem Kapitän des Anglo Indian Marine Survey, der Schüler eines Hatha-Yogi gewesen war und fähig sei, Taifune durch Mantras zu besänftigen. Der Mann war natürlich dauernd unterwegs; ich schrieb Dutzende Briefe nach China, Indien, Australien und England, wo immer ich ihn vermutete. Einer der Briefe fand schließlich die richtige Adresse – aber der Kapitän war eine Woche zuvor gestorben. (Was ich ihm persönlich übelnahm.)

Ich jagte nach Menschen, die den »wahren Yoga« kannten, nach den Eingeweihtesten unter den Eingeweihten. Dies brachte mich – endlich – in einen kleinen Ort in Hessen, wo ich den Meister traf, der für viele Jahre mein geistiger Führer werden sollte: ein ehemaliger Webergeselle, der kaum lesen und nicht schreiben konnte. Die Wahrheit wohnt in den seltsamsten Behausungen. Wer Weisheit nur in Tempeln oder Palästen vermutet, sollte sich auf Enttäuschungen gefasst machen.

Wenn ich es auch jahrelang vergeblich versuchte, in einen der vom Meister beschriebenen und von mir ersehnten »Zustände« zu gelangen, so verdanke ich ihm doch wenigstens die Einsicht, dass der Körper – durch Yoga – in die Verwandlung des Menschen einbezogen werden muss. Deswegen lebt die Seele im Körper: nicht, um ihn zu verlassen. Auch meine Verwandlung zum Schriftsteller fällt in die ersten Jahre meiner Lehrzeit bei diesem Meister, der sich Bruder Johannes nannte. »Du muscht Geduld habe«, sagte er immer, wenn ich ihn bedrängte (er war ein Schwabe). Doch ich verspürte einzig bohrende Schmerzen in Handflächen und Fußsohlen als Folge der mir aufgegebenen Übungen, die ich gewissenhaft ausführte, obwohl der Widerwille immer größer wurde. Ich glaube auch, dass mein Rückenleiden eine späte Folge dieser verqueren Praktiken gewesen ist.

Der Yoga stellt – recht angewendet – Verbindung her, das ist die Bedeutung des Wortes. Die Verbindung, die der Yogi erstrebt, ist die unlösbare Einswerdung des Menschen mit sich selbst. Nicht mehr und nicht weniger. (Ein Asket übrigens ist noch lange kein Yogi, zumeist sogar das Gegenteil, da er sich durch äußerste Frömmelei der Schizophrenie aussetzt.) Natürlich ist der Yoga kein Monolith; schon damals, als ich ein junger Adept war, unterschied man mehrere Richtungen des Yoga, deren Zahl bis heute nicht kleiner geworden ist und die durch Beimischungen aller möglichen Panscher alles andere als rein und echt sind.

Das sollte niemanden verwundern: Eine Heilslehre ist neben Brot und Butter noch immer die bestverkäufliche Ware auf dem Markt, und wann immer eine neue Saison ausgerufen ist, muss eine neue aufgetrieben werden. Dies ist der Grund, warum ich immer an die Quellen aller Ströme vorstoßen wollte. Um allzu oft festzustellen, dass die Quellen vergiftet waren. Der große Lehrer Ramakrishna, mit dem ich einmal in briefliche Korrespondenz trat, war der Prophet des Bhakta-Yoga und ein inbrünstig Gottsuchender mit einer Vorliebe für die Ekstase. Aber Yoga hat mit Gott nichts, mit dem Menschen alles zu tun; nichts mit dem Aus-sich-heraus-Gehen, sondern dem Zu-sich-Finden.

Die alten Yogabücher – das des Patanjali über das Raja Yoga, das *Hatha Yoga Pradipika*, die *Bhagavadgita* und einige mehr –, ich habe sie alle studiert. Weder die eine Lehre noch die andere, noch die ganz andere eröffnet den Weg zur »richtigen« Methode. In allen findet sich neben Perlen der Weisheit himmelschreiender Blödsinn. Aber heißt es nicht in der Kabbala über die Bibel: Verdammt ist, wer die Schrift wörtlich nimmt?

Das Lesen ist eine unterschätzte Kunst (so sehr, wie das Schreiben eine überschätzte ist). Wer glauben will, ist schon verloren. Lass dich nicht einlullen, von nichts und niemandem, sagte ich mir. Bleibe immer bewusst. Ich bin ich, du bist du, und niemals werde ich du sein können.

Mir ist das eigentlich zuwider: solch simple, nackte Wahrheiten zu Papier zu bringen: Ich sehe sie dastehen und zittern und frieren und möchte ihnen einen leichten, schillernden Umhang überwerfen, der sie wärmt, schmückt und begehrenswert macht. Aber Mena sagt mir: Gustl, das solltest du aufschreiben und in schmale Bändchen stecken. Lass alles Indische weg, zieh den Gurus eine Lederhose an, ersetze Buddhas Pappelfeige durch eine schöne schwarze Tanne, koloriere deinen Meister in der Art Ganghofers gemütlich jägergrün, steck ihm ein Deckelpfeifchen in den Mundwinkel, und lass ihn daherschwätzen: ein bisschen weniger streng als der Pfarrer, ein bisschen vertrauenswürdiger als der Ausrufer vom Jahrmarktkuriositätenkabinett. Lass ihn reden wie einen Abreißkalender! So, dass einen das unbezwingbare Verlangen überkommt, ungehemmt vom Abreißkalender zu zupfen, bis das abzureißende Jahr lange vor dem abzulebenden Jahr beendet ist. Bestücke den Abreißkalender fürs nächste Jahr mit denselben Weisheiten: Keiner wird's merken. Es ist wie mit dem Marmorkuchen: Das alte Rezept ergibt doch immer wieder neue Muster. Mach keinen deiner Sätze länger als fünfzehn Wörter. Sage nur, was jeder schon weiß, in Worten, die jeder schon kennt. Treib denselben Gaul immer wieder und ohne Bedenken zu derselben Musik in dieselbe Manege, quäle ihn ruhig ein wenig, das Publikum wird's danken: Für jeden ersparten eigenen Gedanken wird einmal in die Hände geklatscht. So etwas solltest du schreiben, Gustl, nicht diese schwierigen Romane.

Wie recht sie hat, meine liebe Mena. Wenn ich nur könnte. In gewisser Hinsicht ist sie der Guru meines Lebens geworden. Sie führt mich in Liebe und lässt mir die Freiheit, gelegentlich auf merkwürdige Pfade abzuirren. Nicht mehr so oft wie früher, aber doch; möge der vermaledeite Freimaurerroman dafür ein Beispiel sein. Ob Hatha oder Bhakta oder Raja Yoga – das ist mir heute so gleich wie Nivea oder Penaten. Der Yoga ist mir zu einer zweiten, ja sogar eher zur ersten Natur geworden. Hätte ich es bis hierher einfacher haben können? Nein. Gar nichts bereue ich. Sinnlos wäre das alles nur gewesen, wenn ich nicht immer die Frage auf dem Herzen gehabt hätte: Wozu? Man kann versuchen, seinen Schatten an der Wand mit Kalk zu bewerfen; besser ist es, aus der Sonne zu gehen. Oder sich der Sonne zuzuwenden. Hätte ich einen Schüler (eine abgründige Vorstellung), ich würde ihm raten: Hüte dich vor den sogenannten Führern. Aber – halte Ausschau nach deinem Lotsen.

Wind

Meyrink holt Hahn am Starnberger Bahnhof ab.
»Herr Legationsrat von Hahn!«, ruft er, als er ihn erspäht.

»Herr Meyrink!«, ruft der andere.

Titelmäßig muss Meyrink da zurücktreten. Andererseits steckt ja alles drin, in diesem Namen. Meyrink. Er ist erwählt, Hahns Attribute hingegen sind verliehen. Bricht der verleihende Apparat zusammen, bleibt dem Hahn auch nicht mehr als ein Haufen Mist, auf den er steigen kann, wenn er krähen will. Falls überhaupt.

Meyrink ist mit dem Opel Spitzkühler vorgefahren. Der ist repariert, dem Auswärtigen Amt sei Dank. Zu Fuß sind es zwar nur fünf Minuten bis zum *Haus zur letzten Latern,* aber darauf kommt es nicht an. Der Hahn soll ruhig spüren, wie froh er sich schätzen darf, dass Meyrink und kein anderer diesen Auftrag übernommen hat. Er hat das nicht nötig. Wer hier wem einen Gefallen tut, wird klar, als Meyrink das Köfferchen Hahns lässig auf den Rücksitz des Wagens wirft.

Mena hat, obwohl es durchaus kühl ist, einen kleinen Tisch zu Kaffee und Kuchen auf dem Steg gedeckt. Meyrinks Jolle liegt dort vertäut und wiegt sich komplett aufgetakelt in kaum spürbarer Welle. Der Mast schwankt träge wie der Zeiger eines Metronoms im *larghissimo*. Von wegen

»den Wind aus den Segeln nehmen«: Ein wahrer Dichter erzeugt seinen Wind selbst. Wenn nötig, einen Orkan.

Ob Hahn diese überaus subtile Anspielung kapiert oder nicht (vielleicht sieht er auch das Paar Ruder im Boot liegen) – er ist jedenfalls schwer beeindruckt.

»Mannomann«, sagt er, sich auf dem Steg drehend, »Meyrink, Sie haben's aber kolossal komfortabel hier.«

Er beäugt einen Stapel Blätter, dünnes Durchschlagpapier, die umgekehrt auf dem Tisch liegen, von der Zuckerdose und Meyrinks schwarzem Notizbuch mit den Messingecken beschwert. Bläulich scheinen die Buchstaben durch.

»Ist dies das Werk?«, fragt Hahn.

Meyrink lädt ihn ein, sich zu setzen, so dass der Besucher nach Süden, in Richtung Berge schauen kann, und sagt weder ja noch nein.

»Sie machen es spannend«, sagt Hahn, »wollen Sie mir nicht etwas vorlesen?«

In diesem Moment steigt knallend der Korken von einer Mineralflasche auf, die auf dem Tisch steht. Hahn zuckt zusammen, sieht sich nach der Quelle des Geräusches um. Meyrink wartet ab, bis der Korken seinen Flug mit einem leisen Platschen im See beendet, und sagt:

»Bei mir ist alles okkult.«

Hahn versteht gar nichts – bis Meyrink auf die Flasche deutet.

»Mit reiner Willenskraft. Nein, ich scherze. – Vorlesen? Das nun lieber nicht, werter Herr Legationsrat. Es sieht in Ihren Augen sicherlich nach viel aus, was hier liegt. Und in diesem Notizbuch ist noch einiges vermerkt, das bedacht und bearbeitet werden muss. Aber fertig ist es noch nicht, wenn auch knapp davor. Wir Künstler« – Meyrink schenkt seinem Gast Kaffee ein – »sind in dieser Hinsicht überaus sensibel.«

»Ja, ja«, sagt Hahn. Er fischt nach seiner Aktentasche und entnimmt ihr ein paar Papiere.

»Einem Trapezkünstler möchten Sie auch nicht zusehen, bevor er seinen Salto mortale perfektioniert hat.«

»Das nicht so gern«, bestätigt Hahn. »Aber Sie sind kein Zirkusartist.«

Meyrink wackelt mit dem Zeigefinger: »O doch. Das gespannte Drahtseil, über das ich balanciere, ist jeder einzelne Satz, den ich schreibe. Stets besteht die Gefahr, nach links oder rechts abzustürzen und nicht am Ende – am Punkt – anzukommen.«

Hahn sieht starr über den See in Richtung der Berge, die aber im Dunst verborgen sind. Er ist nicht den ganzen Weg aus Berlin hierhergefahren, um sich Künstlerkunstgefasel anzuhören. Das sollen die sich für ihre Stammtische aufheben. Bestellt, geliefert. So läuft das normalerweise. Mit normalen Menschen. Er seufzt.

»Na schön. Dann lesen Sie nicht vor. Können Sie mir wenigstens etwas mitgeben?«

Meyrink hebt die Schultern und lächelt bedauernd. Er sieht es dem Hahn an, wie sehr er die ganze Sache bereut. Tja. Kann man nicht helfen.

»Ich jedenfalls habe Ihnen etwas mitgebracht«, sagt Hahn in vorwurfsvollem Ton und zeigt auf die Papiere aus der Aktentasche. »Die Freimaurer haben Lunte gerochen. Es ist nun alles ein bisschen anders als zu Jahresbeginn. Als Sie in Berlin waren.«

»Wie«, sagt Meyrink, »wie anders?«

Er setzt die Kaffeetasse ab, die er gerade angesetzt hat. Muss er sich nun Sorgen machen? Tritt das Amt den Rückzug an, wollen sie raus aus dem Vertrag?

»Nun ja. Man korrespondiert. Man antichambriert. Weiter oben. Falls Sie je Zweifel am Einfluss dieser Herrschaften gehabt haben sollten … es werden Drohungen gegen Sie ausgestoßen. Gegen den Roman. Diese Leute wissen, wo Sie leben«, sagt Hahn und murmelt leise weiter: »Aber wohl nicht, wie schön.«

»Stellen Sie mir nun die königliche Leibgarde vor die Tür?«, sagt Meyrink, »irgendeine Reaktion war doch zu erwarten.«

»Nach wie vor sollen Sie die Freimaurer ins Visier nehmen, aber eben nur jene der Feindstaaten.«

Nun, denkt Meyrink, das sind aber mal gute Nachrichten. Nicht so sehr wegen der Drohungen, doch selbst das muss man nicht so ernst nehmen. Im Sinne einer Werbekampagane wäre es ohnehin wunderbar:

JETZT IN IHRER BUCHHANDLUNG.
DAS BUCH, DAS DIE FREIMAURER VERHINDERN WOLLTEN!

Wer nichts zu verbergen hat, der würde sich doch nicht erregen.

Nein, das sind fabelhafte Neuigkeiten, da Meyrink nun sagen kann: »Herr Legationsrat, wie stellt man sich das im Auswärtigen Amt vor?« Er zeigt mit beiden Händen auf den Stapel Papier, »ich bin so weit auf meinem Kurs vorangekommen, und nun soll ich eine abrupte, vollständige

Wende hinlegen? Das kann das Boot zum Kentern bringen. Alle mühsamen Recherchen: umsonst. Die Geschichten, die ich gesponnen habe: umsonst.«

»Wenn Sie nur die Figuren und Schauplätze ändern? Statt Berlin Paris. Statt dem Meister der Großloge Frankfurt den Meister vom Stuhl in, sagen wir, London.«

»Bei allem Respekt«, sagt Meyrink und versucht maximale Entrüstung in seine Stimme zu legen, »so läuft das nicht in meinem Metier, ich kann doch nicht bloß ein paar neue Kulissen auf die Bühne schieben und den Figuren andere Kostüme überwerfen. – Nein, nein, ich fürchte, es muss eine völlig neue Konzeption her.«

»Das bedeutet?«, sagt Hahn und klingt mit einem Mal besorgt.

»Ich bin nicht sicher, wie schnell ich mich auf die neue Situation umstellen kann. Wenn überhaupt. Das ist ein völliger Neuanfang. Möglicherweise ist das ganze Vorhaben in Gefahr. Ziemlich sicher sogar, allerdings – nicht durch mein Verschulden, darauf poche ich ganz entschieden.«

»Das Amt hat dazu einen Vorschlag«, sagt Hahn unter Wahrung einer Kunstpause und greift nach einem der mitgebrachten Dokumente. »Darf ich es Ihnen unterbreiten?«

Meyrink zögert. Die Berliner sind wohlvorbereitet. Nun gilt es, die vor langer Zeit beim Pokerspiel erlernten Tugenden einzusetzen.

»Nun ja, bitte, wenn Sie meinen«, sagt er.

»Sie *kooperieren* von nun an mit den Freimaurern im Reich. Sie werden eine Abordnung wichtiger Persönlichkeiten empfangen, um das weitere Vorgehen zu besprechen. Die Herren sind dazu bereit und warten nur auf Ihr Zeichen. In diesem Schreiben finden Sie Namen und Einzelheiten.«

Verdammt, denkt Meyrink, nimmt das Papier von Hahn entgegen, das kann ich nur schlecht ablehnen. Die wollen das vermaledeite Buch wirklich haben. Dabei wäre das jetzt doch die Gelegenheit für beide Seiten gewesen, sich elegant aus der Affäre zu ziehen. Die Aussicht, hier eine Abordnung Freimaurer zu empfangen, die ihm in die Feder diktieren wollen, entzückt ihn überhaupt nicht, im Gegenteil, damit schwindet der letzte Rest an Wohlanständigkeit aus der Sache. Falls die wirklich bei ihm aufkreuzen wollten, muss er das mit allen Mitteln verzögern und tunlichst geheim halten.

»Der Plan mit dem Roman«, sagt Hahn, »erfährt im Lichte dieser und anderer Entwicklungen eine gewisse Entspannung. Sie lesen sicher die Zeitungen. Es deuten sich größere Veränderungen im Reich an. Nicht erst seit der neuen Regierung unter Max von Baden. Verhandlungen über einen Waffenstillstand laufen. Aufsässige Matrosen in Kiel. Das alles. Und Sie haben hier ja auch so einen Aufrührer.«

Damit dürfte wohl der Eisner gemeint sein, denkt Meyrink und sagt:

»Viel geredet wird über Revolution und dergleichen, das ist wahr, aber ich glaube nicht daran. Alles, was die Gemütlichkeit stört, kann und wird hier nicht Fuß fassen. Dazu ist der Bayer zu träge. Alles nur Worte, denen keine Taten folgen werden, glauben Sie mir.«

»Alles nur Worte – ich hätte nicht geglaubt, so etwas von Ihnen zu hören«, sagt Hahn und beginnt, seine Sachen zusammenzupacken. Während Meyrink den Besucher vom

Steg Richtung Ufer geleitet, sieht dieser noch einmal den See hinab und sagt:
 »Dort sind wirklich die Berge?«
 »Auf mein Wort!«, sagt Meyrink.

Recherchenotiz

[Bundesarchiv, Akten des Auswärtigen Amts, Archivnummer 71465: Transkription eines Briefes (ohne Datum)]

Große Landes-Loge der Freimaurer von Deutschland, Berlin

Mein hochverehrter und gelehrter Bruder Jäckh,
umstehend übersende ich Ihnen die Abschrift eines mir zugegangenen Schreibens des Herrn Meyrinck [sic] an einen Bruder der Großen Landes-Loge. Aus dem Schreiben scheint mir hervorzugehen, dass die Wahl des Herrn M. zur Erledigung der ihm aufgetragenen Aufgabe nicht übermäßig glücklich gewesen ist. Aus seinem Briefe spricht nicht nur ein übergroßes Maß von Selbstbewusstsein, sondern, was schlimmer ist, die Möglichkeit, dass er sich bei seinen Ausführungen mehr von Antipathien als von Tatsachen bestimmen lassen wird und dass er diese mehr subjektiv als objektiv zu würdigen geneigt sein wird.
Mit Hochachtung und herzlichem Brudergruß
Ihr treuverbundener Bruder
Müllendorff

[Vermutlich: Eugen Müllendorf, Landesgroßmeister 1916 bis 1931; Ernst Jäckh, Journalist und Orientalist]

[Abschrift eines Briefs von Meyrink an einen nicht identifizierten Empfänger, ebenfalls in den Akten des Auswärtigen Amts (Bundesarchiv Berlin-Lichterfelde):]

Wie ja zu erwarten war, ist es der »Deutschen Freimaurerei« zu Ohren gekommen, dass ich für das Auswärtige Amt den Freimaurerroman schreiben solle. Nun ist (unter uns), wie ich von einem maßgebenden Beamten des A. A., der mich vor einigen Tagen wegen des Romans besuchen kam, erfuhr, die Deutsche Freimaurerei in den Anfängen unserer »Reorganisation zum Politischen« begriffen [?]. Großer Schrecken daher, als die Herren erfuhren, ich solle die »ganze« Freimaurerei diskreditieren. Man drohte dem Auswärtigen Amt damit, man werden meinen Roman »stören« u.s.w., worauf also genannter Beamter mich besuchen kam, um mit mir zu »paktieren«. Wir verblieben dabei, dass ich bloß die Umtriebe der Entente-F. M. bloßzustellen habe, wohingegen die einflussreichen Kreise der Freimaurer Deutschlands mein Buch mit allen Kräften zu unterstützen hätten. Gewisse einflussreiche deutsche F. M. werden mich demnächst besuchen, und dann wird alles genau festgesetzt werden.

Aus alldem lässt sich nun mit Sicherheit auf ein großes Interessement dem kommenden Roman vis-à-vis schließen; gegenwärtig möchte ich nun schon folgende Vorteile daraus ziehen:

1) Berücksichtigung schon meiner jetzigen Bücher betreff Papier etc. seitens des Kriegsbereitschaftsamtes, denn dem Auswärtigen Amt liegt ja daran, dass ich als Schriftsteller jetzt schon möglichst publik bleibe, damit der Freimaurerroman desto tiefer ins Volk eindringen kann, besonders im Ausland.

*2) Schutz gegen allzu heftige alldeutsche Angriffe, Denunciationen etc., dann Freigabe meiner Bücher an der Front. Zu alldem brauche ich vom Kurt Wolff Verlag alle möglichen Daten, die erhellen, dass gegen meine Bücher propagiert wurde oder noch wird, damit ich die Hilfe des Auswärtigen Amtes bei den Censur- und Militärbehörden raschest erwirken kann. Herr Wolff hat doch so viele gute Beziehungen, warum nützt er sie nicht aus? So, für heute Schluss.
Meyrinck* [sic]

Edelanarchist

In den Tagen vor dem 7. November war Mühsam auf eine fast unerträgliche Weise aufgekratzt. Während der Monate der Internierung in Traunstein hatte er von allen Insassen Bleistiftstummel und Papierfetzchen erbettelt, Notizen, Pamphlete, Reden skizziert, sich aufgepumpt wie ein Maikäfer vor dem Start. Und jetzt wollte er fliegen; offenbar witterte er Mailuft. Wenn man ihn in den üblichen Kneipen antraf – und er schien nach dem Hase-Igel-Prinzip überall schon anwesend –, rotierte er bereits in seinem allerbesten Anarchisten- oder Bolschewistenmodus. Der Aufstand der Matrosen in Kiel Anfang des Monats hatte ihn in akuten revolutionären Erregungszustand versetzt: nur ja nichts verpassen.

Er lief zu jeder Kundgebung und jeder Versammlung, sprach von jedem Podium, auf das man ihn ließ (und übte sich in Zwischenrufen, falls nicht), stärkte sich zwischendrin in den Lokalen, in denen er Freunde und Bekannte auf den neuesten Stand der Dinge brachte. Deshalb war er rastlos unterwegs.

Dieses Gefühl – »er schon wieder« – überkam Mühsam allerdings selbst: Wo er eintraf, da war Eisner. Eisner sprach zu den Massen, und die Massen hörten ihm zu. Der Mann war sein Konkurrent. Ihn, Mühsam, schmähten die konservativen und rechten Blätter als Schwabinger »Edelanarchisten«. Mit dieser Presse würde sich jedenfalls etwas ändern müssen, unter einer Regierung, an der er beteiligt wäre. Oder die er gar führen würde? Warum nicht? Die Theorie der Revolution hatte er sein ganzes Leben lang studiert. Jetzt brannte er auf die Praxis.

Meyrink traf ihn in diesen Tagen im Café Stefanie und hatte Mühe, zu ihm durchzudringen. Wohl deswegen trug er etwas dicker auf, als er ihm von den Entwicklungen der jüngsten Zeit berichtete.

»Sie werden es nicht glauben, Mühsam«, sagte er, »aber die Freimaurer sind hinter mir her.«

»Wie«, sagte Mühsam, »hinter Ihnen? Ich dachte, Sie seien hinter den Freimaurern her.«

»Nun schlagen sie zurück. Sie wollen den Roman zu Fall bringen, ziehen an allen möglichen Strippen. Es ist sogar ein Gesandter des Auswärtigen Amtes zu mir nach Starnberg gekommen, um mich zu warnen.«

»Donnerwetter, das scheint doch zu zeigen, dass … was für einen Einfluss diese Leute haben. Was zu beweisen war, oder nicht?«, sagte Mühsam, etwas abwesend.

»Genau«, sagte Meyrink, »ganz genau meine Worte. Es würde mich nicht verwundern, wenn sie bereits bei meinem Verleger Kurt Wolff vorstellig geworden wären. Auf subtile Art natürlich.«

»Subtil, natürlich«, sagte Mühsam, »aber wer weiß, welche Rolle das in ein paar Tagen noch spielen wird.«

»Oder es läuft über Papierzuteilungen«, sagte Meyrink. »Kein Papier zum Drucken – kein Roman.«

»Sie würden meiner Gruppe, die ich gerade gründe, nicht vielleicht beitreten wollen, Meyrink?«, unterbrach Mühsam unvermittelt, »der Vereinigung revolutionärer Internationalisten Bayerns?«

»Nein«, sagte Meyrink irritiert, »eher nicht.«

Mühsam tätschelte Meyrinks Arm, als wollte er ihm für seine im Gang der großen Zeit so winzigen Probleme Trost zusprechen, und kündigte dann dem versammelten Lokal an, er werde nun Fragmente einer längeren revolutionären Dichtung vorlesen, zu der ihn die Entwicklungen und vor allem die Verheißungen dieser Tage inspiriert hatten. Er hatte kaum mit »*Fürsten gleiten von den Thronen*« angesetzt, da rief schon einer dazwischen: »Gleiten? Nachhelfen wird man müssen! Ein g'scheiter Tritt, sonst haut's den König Ludwig nicht aus dem Sattel.«

Mühsam ließ sich nicht beirren, arrangierte die Blätter, die er in der Hand hielt. Er stieg auf einen Stuhl und las weiter: »*Finstre Mächte, die gewaltsam Völker unter Fäuste pressen, flüchten scheu, und unaufhaltsam strömt die Menge zu den Besten –*«

Wieder ein Zwischenruf: »Deshalb gehen sie alle zu Eisner!«

Meyrink zupfte Mühsam am Hosenbein und flüsterte: »Erinnern Sie sich, was ich Ihnen einst über die Revolution sagte? Seien Sie doch lieber etwas vorsichtiger. Der Eisner ist immerhin ein Kandidat für den Reichstag, und eine Partei hat er auch hinter sich.«

Mühsam stieg vom Stuhl und blickte Meyrink an. Eine Weile dachte er nach – während ein paar lustige Leute »Weiter, weiter!« und »Wir wollen das Gedicht hören!« riefen –, dann sagte er: »Wenn Sie niemanden im Rücken haben, kann Ihnen auch niemand ein Messer in den Rücken stoßen.«

Dann sprang er auf den Stuhl und von dort auf den Tisch. Ein Bierglas fiel um. Er warf sich in Positur und deklamierte: *»Gewiss, nun ja, auch wir sind Revolutionäre und schwingen das Panier. Doch Umsturz ist Chimäre, besänftigt euren Seelenschwang und stört nicht die Entwickelung.«*

Er pausierte und sagte: »Entwick-e-lung ist natürlich als vorläufig anzusehen. Als Revolutionär würde ich es durchgehen lassen, aber als Dichter möchte ich hier schon meine Bedenken kundtun.«

»Eine Revolution mit Maß, Versmaß, das lobe ich mir, dem will ich zustimmen«, rief ein Dichterkollege.

»Dann hören Sie weiter!«, sagte Mühsam. *»In dem Glauben an das Gute, in dem Wissen um das Rechte steht das Volk, mit seinem Blute Trotz zu bieten im Gefechte. Der Berater Stimmen schallen, aus den Augen blitzen Strahle. Aufrecht! Siegen oder fallen! Hoch die Internationale!«*

Der ganze Tisch brach in Applaus und Hochrufe aus, unter die sich auch Rufe nach der Bedienung mischten. Offenbar verspürte man nun das Bedürfnis, sich zu stärken, aber Mühsam hatte noch eine Strophe:

»Halt, halt, darauf folgt unbedingt das Echo der besorgten Bürger! Es geht so:

Seht die Banditenschar mit ihren großen Mündern, jedweder Ehre bar, begierig nur zu plündern! Schuft! Räuber! Mörder! Trunkenbold! Ein jeder käuflich nur für Gold!«

»Trunkenbolde, jawohl, das sind wir!«, tönte es aus der Runde, »und Schufte und Großmäuler sind wohl auch unter uns, aber käuflich, käuflich sind wir nicht!«

Meyrink fühlte sich ein wenig unwohl. Er bildete sich ein, nach dem Ende der Strophe hätten ihn einige Blicke gestreift. Der Auftrag vom Auswärtigen Amt war seit langem kein Geheimnis mehr. Vielleicht hatte er es sogar selbst ausgeplaudert, und es war ja wahr. Doch musste man es deshalb gleich glauben? Mühsam stieg vom Tisch herab und ließ sich wieder neben Meyrink nieder. Ein Krug Bier wurde vor ihm abgestellt, und er nahm einen tiefen Zug. Dann sagte er:

»Es rührt und ehrt mich, lieber Meyrink, dass Sie sich so um mich sorgen. Aber Sie sehen ja: Ein paar Verse, und alles löst sich in Wohlgefallen auf. Auf diese Art werde ich mich immer davonschleichen können. Wenigstens einen Vorteil hat es, dass man unsereins nicht ernst nimmt. Ich bin übrigens durchaus käuflich – falls Sie die Güte hätten, mir das Angebot eines warmen Mittagessens zu machen, schwenkte ich bedenkenlos auf die Seite der Reaktion über. Solange etwas auf dem Teller ist, jedenfalls.«

Meyrink ließ sofort die Karte bringen. Zwischen den Gabeln erzählte Mühsam:

»Wissen Sie, was ich auf dem Weg hierher überall angeschlagen gesehen habe?«

»Nein«, sagte Meyrink, »ich achte darauf nicht zu sehr. Die Menge der Plakate und Anschläge ist verwirrend, und alle halbe Stunde kommt etwas dazu.«

»Der Innenminister«, sagte Mühsam, »hat überall plakatieren lassen: *Die Aufrechterhaltung von Ruhe und Ordnung ist gesichert.* Was heißt das im Klartext?«

»Ist sie nicht«, sagte Meyrink, »nichts ist sicher. Gar nichts.«

»Genau. Die Lunte ist so kurz«, sagte Mühsam und

zeigte zwischen Daumen und Zeigefinger eine Lücke, in die ein Zehngroschenstück hineingepasst hätte. »Es geht das Gerücht um, dass Eisner heute die Revolution anzettelt.«

»Woher haben Sie das?«, fragte Meyrink. »Ich möchte gerne vor der Revolution zu Hause sein.«

»Der Oberkellner vom Odeon Casino hat es gestern Nacht in Umlauf gebracht.«

»Bestimmt eine verlässliche Quelle«, sagte Meyrink.

»Oberkellner haben große Ohren, gelegentlich aber auch eine zu große Klappe. Ich weiß nicht, ob man dem trauen kann, so oder so ist es an der Zeit.«

Mühsam nahm die Serviette und wischte sich den Mund ab, trank den Bierkrug leer und stand auf: »Entschuldigen Sie, lieber Meyrink, auch ich habe eine Revolution anzuführen. Was mir nun, mit gefülltem Bauch, viel leichter fallen wird.«

»Da wünsche ich Ihnen gutes Gelingen«, sagte Meyrink und streckte die Hand aus. »Möge es ohne Blutvergießen ausgehen.«

Der 7. November 1918 war ein warmer Spätherbsttag. Über München hing noch – es war gegen Mittag – eine trübe Schicht Hochnebel. Meyrink war bereits bei Sonne von Starnberg losgefahren und wollte dort auch wieder hin: das Skiff herausholen, den See der Länge nach abrudern. Vor dem Eingang standen sie noch ein paar Sekunden unschlüssig herum. Dann sagte Mühsam:

»Was für einen Tag haben wir heute?«

»Donnerstag«, sagte Meyrink.

»Donnerstag ... wussten Sie, dass die Französische Revolution an einem Dienstag und die Russische an einem

Mittwoch begann? Ist wohl eine Werktagsbeschäftigung der arbeitenden Massen. Wir werden sehen, wie viele ich aus den Fabriken und Kasernen herausholen kann.«

»Ich würde mir damit auch nicht den heiligen Sonntag verderben«, sagte Meyrink.

Während Meyrink sich seiner Routine hingab – ausheben, flachdrehen, abdrehen, aufdrehen –, betrieb Mühsam Straßenagitation. Er passte die Arbeiter beim Schichtwechsel der Rüstungsfabriken ab. In der Tram hielt er Reden, bis der Schaffner ihn aus dem Wagen werfen wollte. Vor der Marskaserne kaperte er einen Armeelastwagen, der Rekruten zu einer Übung bringen sollte. Er sagte ihnen, sie würden doch nur noch als Kanonenfutter weichgekocht, der Krieg sei vorbei, besser jetzt aufbegehren als auf dem Schlachtfeld – warum das wohl so heiße? – und so weiter. Die Ladefläche des Lastwagens wurde Mühsams Podium. Bis spät in die Nacht war er unterwegs, er und ein paar wenige aus seiner losen Gruppe der Münchner Anarchisten. Wenn er seine Reden hielt, saßen die jungen Soldaten lässig herum, ihre Karabiner quer über den Schoß gelegt, die Mützen schief. Ein paarmal schrie man ihm entgegen: Eisner! Eisner! Und er wusste nicht, ob man ihn verwechselte, oder ob man statt seiner lieber Eisner hören wollte.

Während Mühsam auf seinem Lastwagen zu den Massen fuhr, wo er sie vorzufinden hoffte, gingen die Massen zu Eisner. Er befand sich am Nachmittag auf der Theresienwiese, wo die Sozialdemokraten unterhalb der Statue der Bavaria zu einer Friedenskundgebung aufgerufen hatten, stand zunächst mit einer kleineren Gruppe Anhänger abseits und lauerte auf seine Chance. Immer mehr Menschen liefen von den Mehrheitssozialisten zu Eisners Haufen über, wo sie die interessanteren Redner vermuteten. Erhard Auer, der Chef der bayerischen Sozialdemokraten, versuchte den Schwund zu bremsen; weder ihm noch seinen Ordnern gelang es. Ein Soldat, der in einer Marschkolonne zu Auers Kundgebung gekommen war, entrollte eine rote Fahne und schrie: »Alle Soldaten zu Kurt Eisner!« Die Redner redeten gegeneinander an, eine Menge Volks pendelte zwischen den Fraktionen. Eisner sprach, dann der blinde Bauernführer Gandauer, dann Fechenbach, Eisners Adjutant, auf der anderen Seite Auer, der ein schlechter Redner war. Später zogen die Mehrheitssozialisten – falls sie überhaupt noch in der Mehrheit waren – hinter der Marschmusik quer durch die Stadt bis zum Friedensengel, wo die Mitgezogenen nach einer weiteren Ansprache aufgefordert wurden, sich zu zerstreuen und nach Hause zu gehen. Eisner und seine Leute ließen die anderen abziehen. Dann borgte sich Fechenbach die rote Fahne des Soldaten und rief so etwas wie: »Soldaten! Auf in die Kasernen, befreien wir unsere Kameraden. Es lebe die Revolution!« Anschließend zog man von einer Kaserne zur nächsten, Eisner immer vorneweg, man schrie gegen die geschlossenen Tore an, forderte die Mannschaften zum Mitgehen auf. Früher oder später kamen sie heraus, warfen ihre Waffen weg und schlossen sich dem Zug an.

Bis zum frühen Abend löste sich das, was man öffentliche Ordnung nennt, auf. Die Straßenbahnen fuhren nicht mehr, die Polizei verschwand von der Bildfläche ebenso wie die Wachen der Residenz, der König musste sein Heim durch einen Hintereingang betreten (und alsbald hastig packen),

Bürger versteckten das Silber und kauften noch schnell ein paar Lebensmittel; man befreite die Gefangenen in der Militär-Arrestanstalt; im Landtag wurde über die Kartoffelversorgung diskutiert, während Boten immer dringlichere Depeschen zur Lage hereinreichten. Noch am selben Abend wurden der Bahnhof, das Post- und Telegraphenamt, sämtliche Ministerien und das Generalkommando von Aufständischen besetzt. Im Mathäserbräu bildete sich ein Arbeiter- und Soldatenrat. Alles geschah, wie es geschehen musste.

Und irgendwann am Nachmittag, irgendwo in der Stadt hatte Mühsam die Republik ausgerufen, und das nicht nur einmal: Nur leider hörte ihm niemand zu, und wer es hörte, der glaubte ihm nicht.

Recherchenotiz

[Skizze: Ein Friedhofsbesuch]

Meyrinks Grab auf dem alten Starnberger Friedhof ist eigentlich leicht zu finden – es ist genau dort, wo es hingehört. Aber am Friedhofstor findet man keinen Hinweis auf den Schriftsteller, nur die üblichen Ge- und Verbote, die für einen geordneten und friedlichen Ablauf des Betriebs notwendig sind, und immerhin einen Plan der Anlage. Gesucht wird eine dicht umwucherte Metalltafel mit drei Namen – Harro, Gustav und Mena Meyrink. So viel ist von dem Grab auf Fotos zu sehen, nie das ganze. Und dafür muss ein langes Spalier an Starnberger Bürgern und Bootsbauern, Fischern und Kaufleuten, Beamten, Lehrern und kleinem Adel abgelaufen werden. Auch mit dem Straßennamen, der lokalen toten Berühmtheiten doch unbedingt zusteht, haben sie sich in Starnberg Zeit gelassen – 77 Jahre – und dann im Norden, im Dunstkreis von Lidl und Baumarkt, Tierheim und Bienenlehrstand, für Meyrink eine Sackgasse gefunden, welche dort die Straße eines ziemlich unbekannten Malers kreuzt, der seit 1917 in Starnberg wohnte. Vielleicht haben sich ihre Wege im Leben gekreuzt, das wäre immerhin noch eine charmante Auslegung.
Eine Frau betrachtet mich aufmerksam, widmet mir viel

mehr als den üblichen Blick, den ein Unbekannter gewöhnlich auf sich zu ziehen vermag. Ich beginne mit einer großen Runde entlang der Mauer (wobei »Runde« nicht recht passt, der Friedhof hat eher die Form einer Schokoladentafel) und komme zurück zum Eingang. Die Frau, die mich zuvor so intensiv gemustert hat, pflanzt Blumen und schüttet frische schwarze Erde auf; es ist der zweite warme Vorfrühlingstag des Jahres. »Entschuldigen Sie, wenn ich Sie vorher so angestarrt habe, aber Sie müssen einen Doppelgänger haben«, sagt sie. Im Moment fallen mir bloß ein paar unverbindliche Worte ein, die aber fließen automatisch aus meinem Mund, weil meine Gedanken auf einen Punkt hinrasen: Doppelgänger! Meyrink war fasziniert von Doppelgängern, im Grunde immer auf der Suche nach seinem eigenen, spirituellen. Auch der *Golem* ist im Kern eine Doppelgängergeschichte: »Athanasius Pernath dreht sich langsam zu mir, und mein Herz bleibt stehen: Mir ist, als sähe ich mich im Spiegel, so ähnlich ist sein Gesicht dem meinigen.«

Zufall. Komischer Zufall. Schließlich frage ich die Frau, ob sie die Grabstätte Gustav Meyrinks, des Schriftstellers, hier irgendwo unter den Gräbern kenne. Leider nicht. Man könnte jetzt einen Doppelgänger gut gebrauchen; einer prüfte die Grabstellen auf der rechten, der andere auf der linken Seite, und wüsste doch im selben Moment, was der andere sieht, denn er ist ja derselbe, gewissermaßen. So aber schreitet das suchende Individuum wie ein Zoo-Bär einher, mit hin und her schwingendem Schädel, beständig Namen ablesend und vor sich hin murmelnd, bis –

Meyrinks Grab liegt ziemlich genau in der Mitte von allem, im Zentrum der Hauptachse. Oder gewissermaßen: umstellt. Ein Baum schmiegt sich an den Grabstein und spannt einen beschirmenden Baldachin auf. Genau genommen ist der Stein nur zu ahnen, auf irgendetwas muss ja die Metallplatte ruhen, die die Namen trägt. Sie lugt heraus, wie durch ein Fensterchen im dichten Rankgrün. Wenn hier der Friedhofsgärtner für einen Sommer untätig vorübergehen würde … – oder andersherum: Nur das beständige Freilegen behält die Vergangenheit in der Gegenwart. Das Wort, das Meyrink auf die Platte schreiben ließ, muss lesbar bleiben, denn für eine Grabinschrift ist es eine gewagte Behauptung. Je ein Buchstabe in den Feldern eines geviertelten Kreises:

» – ich lebe – ein seltsamer Wahlspruch für ein Grabdenkmal! Er klingt heute noch in mir wider, und wenn ich daran denke, wird mir wie einst, als ich davor stand: ich sehe im Geist meinen Großvater, den ich doch niemals im Leben gekannt, da unten liegen, unversehrt, die Hände gefaltet und die Augen, klar und durchsichtig wie Glas, weit offen und unbeweglich.«
[Gustav Meyrink: *J. H. Obereits Besuch bei den Zeitegeln*]

Revolution

Am Morgen des 8. November erwacht Meyrink und weiß nichts von einer Republik Bayern. Nur weil Mühsam Straßenagitation macht, geht man nicht besorgt zu Bett. Nur weil Auer und Eisner auf der Theresienwiese Reden schwingen, muss man keinen Umsturz erwarten. Das tun sie alle Tage. Um einen Gletscher aus der Bahn zu bringen, braucht es mehr als ein paar grandiose Worte, da genügt es auch nicht, sich mit aller Macht entgegenzustemmen. Die Masse schiebt, Millimeter für Millimeter, schiebt die, die sich entgegenstellen, einfach mit, und die merken es nicht einmal in ihrer heroischen Anstrengung. Denkt Meyrink.

Drüben, auf der anderen Seite des Sees weht noch immer die Fahne der Wittelsbacher über Schloss Berg: Sie wird es wohl sein, er hat ja keinen Grund, etwas anderes anzunehmen – es ist zwar ein diesiger Novembermorgen, doch eine rote Fahne ist es nicht. Nach dem Tee nimmt er die beiden Hunde und spaziert zum Bahnhofskiosk. Der Händler sagt: »In München ist Revolution.« Meyrink überblickt die Schlagzeilen der ausgehängten Zeitungen und sagt: »Mal sehen, ob es bis zu den Abendblättern anhält.«

»Das war ein guter Witz, Herr Doktor«, sagt der Händler.

»Ich bin kein Doktor«, sagt Meyrink, »geben Sie mir die *Münchner Neuesten Nachrichten*.«

Eine Verlautbarung ist auf der Titelseite abgedruckt.
An die Bevölkerung Münchens!, liest er.
Bayern ist fortan ein Freistaat, liest er. *Eine neue Zeit hebt an*, liest er. *Arbeiter, Bürger Münchens! Vertraut dem Großen und Gewaltigen, das in diesen schicksalsschweren Tagen sich vorbereitet!*, liest er. *In dieser Zeit des sinnlos wilden Mordens verabscheuen wir alles Blutvergießen. Jedes Menschenleben soll heilig sein*, liest er. *Es lebe die bayerische Republik*, sagt Eisner.
Meyrink ist, als wehe ihn ein warmer Wind an. Ein Gletscher hat die Furche für diesen See ausgekratzt und die Ebene glattgeschliffen, auf die München gebaut wurde. Der große und gewaltige Gletscher – weggeschmolzen ist er in der Sonne und unter warmen Winden. Der starre, alles zermalmende Panzer wurde ein tröpfelnder Schwindling, füllte Seen und Teiche und tränkte Sümpfe und – weg war er. Erdgeschichtlich betrachtet in einem Augenblinzeln. Die mittelmäßig glorreiche Dynastie der Wittelsbacher, Könige von (angeblich) Gottes und (sicher) Napoleons Gnaden – am Morgen des 8. November 1918 ein Pfützchen; und auch das wird aufgewischt werden oder unter Eisners sozialistischer Sonne, die jetzt aufgehen soll, trocknen. Wenn das alles überhaupt stimmt. Die Zeitungen sind jetzt auch schon ein paar Stunden alt. Aber der Zeitungsverkäufer wird wohl informiert sein, denn an diesem Bahnhof fahren die Menschen nicht nur ab, sie kommen auch an, aus München, vor allem die Hamsterer, die leeren Jutesäcke über die Schultern geworfen, bereit, zu den Bauern ins Hinterland auszuschwärmen. Falls in der Stadt wirklich die Revolution ausgebrochen ist, diese Leute nehmen nicht am Kampf teil, sie stecken sich

lieber ein Beilchen ein, um Brennholz zu hacken. Meyrink sieht sich um. Das ist ein Novembermorgen wie der gestrige. Neben dem Eingang steht der Apfelverkäufer, wie gestern. Derselbe Fahrkartenverkäufer verkauft Fahrkarten am Fahrkartenverkaufsschalter. Draußen am Perron zieht eine königlich bayerische Lok ein paar königlich bayerische Lokalbahnwägelchen herein. An der Wand oberhalb der Schalter hängt auch noch ein Foto des Königs. Drei Rangierarbeiter stecken die Köpfe über einer Zeitung zusammen; einer von ihnen ballt beim Lesen die Faust, aber das muss ja nichts heißen. Der Zeitungsmann hebt die Schultern: »Ja mei, na hamma halt Republik. Werd so schlecht aa net sei.«

Meyrink und seine Hunde spazieren zurück in Richtung *Haus zur letzten Latern*. Er ist zugegebenermaßen schwer beeindruckt. Ist gewillt, das alles – die schönen, kraftvollen Worte – für bare Münze zu nehmen. Da hat er den Eisner, das kleine, strubbelige Männchen, wohl doch unterschätzt. Wie schafft der das nur?

»Mena«, sagt er, sobald er die Türschwelle überschritten hat, »es ist Revolution, die Republik ist ausgerufen. Bayern ist ein Freistaat, und Eisner wird Regierungschef.«

»Wer sagt das?«, ruft Mena von irgendwoher zurück.

»Steht in der Zeitung«, sagt Meyrink.

»Seit wann glaubst du, was in der Zeitung steht?«

»Es steht nicht wirklich in der Zeitung, es ist eine Proklamation von Eisner, die sie vermutlich zähneknirschend abdrucken mussten«, sagt Meyrink. »Aber was, wenn heute Abend zu lesen sein wird: Vergesst alles, was ihr heute Morgen gehört habt, Bayern ist kein Freistaat mehr, die gute alte Zeit bleibt, wie sie ist. Es lebe der König!«

»Dann ist eben wieder Monarchie«, sagt Mena, die inzwischen in die Küche gekommen ist.

»Ob das die Leute glauben?«, sagt Meyrink.

»Wenn sie das eine glauben, dann glauben sie auch das andere, was haben sie denn schon für eine Wahl«, sagt Mena.

»Das muss ich näher studieren, das könnte ein interessanter Ansatz für den Freimaurerroman sein«, sagt Meyrink, »ich will sehen, was das nun mit den Leuten anstellt, ich fahre sofort nach München, den Mühsam treffen.«

»Verfluchter Freimaurerroman«, sagt Mena.

Buchstabensuppe

Kaum dass Meyrink das Bahnhofsgebäude in München verlassen hat, hält er auf dem Vorplatz inne und lässt die Revolution auf sich wirken; zumindest bereit dazu ist er. Nach einer Minute des Wartens auf irgendeine Sensation ist er etwas enttäuscht. Sicher, eine Menge Soldaten sind unterwegs, in Grüppchen, auf Lastwagen, mit roten Fahnen, Armbinden, offenbar in wichtigen Missionen. Offiziere sieht er nicht, nur Mannschaftsgrade. Ein Lastwagen voller Sandsäcke schlingert hupend über den Vorplatz, ein Trupp springt ab, schichtet die Säcke links und rechts des Haupteingangs auf. Zivilisten gehen unbeeindruckt vorbei. Das Tramsystem ist etwas durcheinandergekommen, keine fährt wie gewohnt. Meyrink entschließt sich, zu Fuß zu gehen. Überall kleben Eisners Proklamationen, in fetten Buchstaben auf dunkelrotem Papier. Es bilden sich keine Trauben, man liest es Zeile für Zeile im Vorbeigehen. Es klingt ein wenig harscher als in dem Zeitungsaufruf.

Volksgenossen! Die Bayerische Republik wird hierdurch proklamiert. Generalkommando und Polizeidirektion stehen unter unserem Befehl. Die Dynastie Wittelsbach ist abgesetzt. Hoch die Republik! Der Arbeiter- und Soldatenrat: Kurt Eisner.

Die Anreise gleicht einem Gang durch den Buchstabenwald, oder, denkt Meyrink, so muss sich eine Fliege fühlen, die in die Buchstabensuppe gefallen ist. Jede ehedem freie Stelle an Toren, Hauswänden, Mauern, Zäunen, Litfaßsäulen ist gepflastert mit Aufrufen, Kund- und Bekanntmachungen, angekleisterten Flugblättern, in grellem Gelb, sozialistischem Rot, bedruckt mit den dicksten Lettern, die in den Setzkästen zu finden sind. Die Revolution muss ein Segen für die Druckereien sein. Meyrink fühlt sich durchaus angebrüllt von diesen in Maulsperre erstarrten Texten.

Dennoch – zur Zeit des Oktoberfestes (wenigstens in Friedenszeiten) herrscht hier mehr Ekstase, mehr Begeisterung. Für einen Umsturz steht alles noch ziemlich aufrecht. Der Zugschaffner hat erzählt, dass der König Reißaus genommen hat. Keiner wisse, wo er und seine Familie sich derzeit befänden. »Qual der Wahl, zwischen all den Schlössern und Herrenhäusern und Gutshöfen«, hatte der Schaffner gesagt, »aber der soll ja auch nicht leben wie ein Hund, wenn er schon nicht mehr regieren darf.« So ist der Bayer, hat Meyrink gedacht, die Preußen, wie ich sie kenne, sind da grimmiger, die wären dem Ludwig schon mit ihren Bluthunden auf den Fersen. Wird wohl auch kein Zufall sein, dass Mühsam, Eisner und dessen rechte Hand Fechenbach allesamt nicht von hier sind.

Den Mühsam findet er erst an der dritten Station seiner Tour, im Café Luitpold. Mühsam ist müde und niedergeschlagen, trinkt einen Tee mit Honig. Er hat kaum noch Stimme. In der vergangenen Nacht kam er spät im Mathäserbräu an, zu spät, da war die Wahl des Arbeiter- und Soldatenrats bereits abgeschlossen.

»Wahl – wer die Hand hob, war drin«, sagt Mühsam flüsternd, »niemand hat gefragt, ob du Soldat oder Arbeiter bist, aber gut so. Und wissen Sie, wie es weiterging, Meyrink?«

»Ich kenne nur die Proklamationen«, sagt Meyrink, »und etwas Klatsch vom Zugschaffner, den Abgang des Königs betreffend.«

»Eisner zog vom Mathäser mit ein paar Getreuen, dem Arbeiter- und Soldatenrat und einem Schwarm aller möglicher und unmöglicher Gestalten zum Landtag in die Prannerstraße. Sie überrumpelten den Pförtner, nahmen ihm den Schlüsselbund ab, marschierten in den Plenarsaal, wo Eisner sich auf dem Präsidentensessel niederließ, als sei der für ihn gemacht.«

»Waren Sie dabei, Mühsam?«, fragt Meyrink.

»Ich habe Gewährsleute«, sagt Mühsam, »die mich im Übrigen in den Arbeiter- und Soldatenrat berufen werden, auch wenn Eisner das nicht will. Der Rat kann es dennoch.«

Er rauft seine Haare, nimmt die Brille ab, reckt die Hände in die Höhe, wie ein verzweifelnder biblischer Prophet.

»Warum er? Was ist anders an seinen Worten? Ich habe die Republik vor ihm ausgerufen – und nicht nur einmal. Ich war überall, ich habe geredet, bis ich meine Stimme verlor. Und es ist nichts passiert. Er, der ein schlechter Redner ist, hat es getan. Und – *voilà* – es war Republik. Man stoppte die Pressen, hängte die neuen Seiten ein. Und am Morgen hebt der Spießbürger sein Leib-und-Magen-Blatt vom Fußabstreifer auf, guckt und sagt: Öha, Revolution. Öha, Republik. – Hören Sie, Meyrink: Man hat mir die Revolution gestohlen. Eisner hat mir die Revolution gestohlen.«

»Das wurmt dich gewaltig, nicht?«, sagt einer vom Nebentisch, ohne sein Kartenspiel zu unterbrechen.

»Wir müssen nun den Scherbenhaufen aufkehren«, schreit Mühsam und lässt offen, wer »wir« ist und was der Scherbenhaufen sein soll.

»Selbst wenn du Freibier für den ganzen schönen neuen Freistaat ausrufen würdest, Mühsam«, sagt der vom Nebentisch, »niemand ginge hin.«

Den Mühsam ziehen alle auf, das gehört seit je dazu. Dabei bezweifelt niemand, dass er ein grundguter Kerl von allerbesten Absichten ist. An ihm kann man sich wärmen; Mühsam ist immer auf Betriebstemperatur. Nur fühlt man selbst sich dann irgendwie kühl – zumindest lau. Die Kollegen, weiß Gott keine Patrioten, werfen Mühsam manchmal vor, er rede wie ein Franzose oder Engländer, wenn es um den Krieg gehe. Worauf Mühsam sagt: Gebe Gott, dass es in Frankreich und England Leute gibt, die so reden, wie man es mir vorwirft. Dann wären wir dem Frieden ein Stück näher als jetzt.

Meyrink fühlt sich aufgerufen, Trost zu spenden: nur wie? In vager Erinnerung an seine Unterhaltung mit dem Zugschaffner sagt er, ebenso vage:

»Sie wissen doch, wie der Hiesige mit dem Zugereisten umgeht.«

»Ja, ja«, sagt Mühsam, »das Schönste am Zugereisten ist, dass er wieder abreisen kann. Jedenfalls erwartet man das von ihm. Meyrink, Sie selbst sind einer.«

»Nein, mit Verlaub, das möchte ich korrigieren«, sagt Meyrink. »Für mich war das Hier und auch das Jetzt immer nur eine Station, niemals das Ziel. Ich bin ein Durchreisender. Ich habe ein Billett bis an den Ort, an dem sich die Gleissträngeüberkreuzen.«

Mühsam versucht, sich das bildlich vorzustellen, scheitert aber: »Entschuldigen Sie, lieber Meyrink, ein andermal, ich muss los«, sagt er, »Eisner will eine Regierung bilden. Ich habe zwar Hunger – aber keine Zeit.«

Meyrink bleibt. Am Nebentisch hauen sie die Spielkarten auf den Tisch. Das hat seinen eigenen, festen Rhythmus. Egal, wie die Karten verteilt sind – klatsch, klatsch, klatsch, klatsch, mit der Präzision eines Metronoms. Ist es ein Mangel?, fragt er sich. Muss man von Leidenschaft getrieben sein, um Großes zu schaffen? Oder durchschaut man das Spiel und ändert seine Regeln? Das Flammende, das Überschießende liegt ihm nicht. Nicht mehr. Er hat sein Gleichgewicht gefunden, im Großen und Ganzen. Er ist ein wechselwarmes Wesen, eine Amphibie. Die Umgebung bestimmt seine Temperatur. Ein Yogi braucht keine Kleidung, er verlangsamt seinen Herzschlag bis zum Stillstand. Ein Narr, wer überhitzt und glaubt, an seiner Glut die ganze Welt anzünden zu können.

Recherchenotiz

[Kurt Eisner, *Gefängnistagebuch,* Mai 1918]

Der Unheilbare. Hans war seit seiner Kindheit ein Besessener der Wahrheit. Nie hatte ihn jemand lügen hören. Es kam aber eine Zeit, da alle logen; man nannte das Patriotismus. Doch Hans log nicht und sagte die Wahrheit. Als er entdeckte, dass er der Einzige geblieben war, der nicht log, äußerte er in seiner Gewissenhaftigkeit: Alles lügt, nur ich nicht. Damit gab er ein untrügliches Zeichen von sich: Er war verrückt geworden.
[ebd., 19. September 1918]
Martyrium.
Ich hab das Wort gelesen –
in meines Schicksals Text –
»Ich bin der Erde Wesen.«
Das Wort hat mich behext.

(Halbtraumverse beim Erwachen
19.9.18, 4 Uhr morgens)

Krüppelparade

Nach wenigen hundert Metern ist Meyrink der Weg versperrt, aus einigem Abstand schon sieht er schwankende Plakate und Schilder auf Stangen, kann aber – noch – nicht erkennen, was auf ihnen steht. Kein Laut dringt aus dieser Kundgebung; im Gegenteil, sie scheint jeden Laut aus ihrer näheren Umgebung zu schlucken und die Geräusche der ferneren zu dämpfen. Passanten, die sich gerade noch flüsternd unterhalten haben, verstummen. Automobile und Trams haben gestoppt, aus den Fenstern hängen die Menschen und schauen und schweigen. Ein Trupp Straßenkehrer hält die Besen still, ein riesiger Schwarm Krähen lauert lautlos in laublosen Bäumen, was Meyrink sofort auffällt; seit der Begegnung mit der Krähe in der Pfütze hat er ein Auge für diese Vögel entwickelt. Wo sie sind, ist Aas nicht weit.

Vergesst uns nicht!, liest er. *Nicht Dank, sondern Recht!*

Alles Männer – nein, ein paar Frauen auch. Viele zudem – die Propyläen am Eingang zum Königsplatz sind dicht umstellt.

Meyrink ist unterwegs zu den Cafés, vom Bahnhof über die Luisenstraße, via Königsplatz, Karolinenplatz und Brienner Straße: sein gewohnter, in diesen revolutionären Tagen ein provozierend monarchistischer Pfad, links und rechts gespickt mit Denkmalen bayerischer Königsherrlichkeit, der zunächst geradewegs ins Café Luitpold führt, führen sollte, und von dort, je nach Lage der Dinge und Caféhausbesatzung, weiter ins Stefanie, etwas weiter nördlich.

Ginge er gleich und direkt ins Stefanie, ließe sich der Menschenauflauf hier vermeiden, aber er verspürt dazu keine Lust. Warum soll ich weichen?, denkt er. Außerdem ist er neugierig. Demonstranten, die ein Schweigegelübde abgelegt haben: äußerst merkwürdig. Ginge es mit rechten Dingen zu, müsste auf den Stufen links oder rechts der Durchfahrt einer stehen und in die Flüstertüte auf die lärmenden Massen einbrüllen – aber diese schwach pulsierende Masse kommt ohne Anführer aus und, bis auf die paar Schilder und Banner, auch ohne Worte. Es ist das Bild, das ihn mit Wucht trifft, es wirkt wie ein Tritt in den Bauch, worauf ihn auch die vorsichtige Annäherung nicht hat vorbereiten können. Es sind die Kriegsinvaliden. Hier einer an Krücken, dort einer im Rollstuhl. Dann dreht sich einer um, dem er auf die Schulter tippt, um anzuzeigen, dass er passieren will, und er sieht in ein Gesicht, aus dem ihn ein Mund ohne Lippen anlächelt. Zu spät, um umzukehren, zu früh, um davonzulaufen. Er flüchtet sich ins Formelle, lüftet kurz den Hut, sagt: »Pardon, dürft ich wohl.« Und der Mensch mit Mund ohne Lippen sagt etwas, was Meyrink nicht versteht. Nachzufragen wäre – unhöflich? Oder nicht nachzufragen? Egal. Er schiebt sich weiter, möglichst körperlos, steigt über ausgestellte Krücken, im Halbdunkel der Torpassage, wo die Versehrten sich vor dem leichten Nieselregen schützen, oder doch vor den Blicken. Da stehen, liegen, kauern Männer ohne – alles, was fehlen kann, und in allen Kombinationen: Männer ohne Nase, Augen, Mund, Kinn, Ohren, Hinterkopf, Oberkiefer, Unterkiefer, Hand, Fuß, Bein, Arm. Verbrannte, Vergaste, Verkrümmte, Erblindete, Ertaubte und Verstummte, Zitternde und Zappelnde, Sabbernde und Tropfende. Prothesen klackern und knarren. In einem Leiterwagen liegt ein Mensch, nur noch Kopf und Rumpf, auf Strohsäcke gebettet und durch Schnüre fixiert. Den Leiterwagen zieht ein eingeschirrter Schäferhund.

Am anderen Ende der Passage steht einer ohne – Meyrink sieht nicht hin. Der Mensch schwenkt eine hörbar schwach gefüllte Sammelbüchse für den Internationalen Bund der Kriegsopfer. Meyrink stopft hinein, Münzen und Scheine, was ihm unter die Finger kommt, es ist ihm, als kaufte er gerade seine Seele vom Teufel frei, so etwas kann nicht billig sein; und ob noch etwas für den Tee bleibt, spielt im Moment keine Rolle – es wäre zumindest das erste Mal, dass er den Mühsam anpumpte und nicht umgekehrt.

»Jessas, Meyrink – wem sind Sie denn begegnet?«, ruft man ihm im Luitpold zu.

»Protestversammlung der Kriegsinvaliden«, sagt er.

»Verspätete Grüße aus dem Felde«, sagt Mühsam, »diese armen, armen Teufel. Nach dem Zusammenbruch der glorreichen Armee sind die Lazarette und Sanatorien aufgelöst worden. Man hat sie einfach auf die Straße gesetzt. Da können sie jetzt die Hand aufhalten, falls sie noch eine besitzen, und die Leute einen Groschen hineinfallen lassen, falls sie noch einen besitzen.«

»Die wahren Teufel sitzen gewiss nicht auf der Straße«, sagt Meyrink.

»Sie wissen ja, wo«, sagt Mühsam, »in den Logen der

Freimaurer. Kommen Sie überhaupt voran? Möchten Sie uns nicht einmal in diesem Kreise vorlesen?«

Meyrink winkt ab: »Die Sache dürfte in Kürze abgeschlossen sein.«

»Sagen Sie«, fragt Mühsam laut, so dass es alle ringsum hören, »hat man Ihnen eigentlich, seitdem die Freimaurer von Ihrem Buch wissen, einen Wachtmeister vor die Tür gesetzt? Und was, wenn der Angriff von der Seeseite her erfolgt? Meine Herren, wir müssen eine Miliz zur Verteidigung der literarischen Freiheit bilden. So ähnlich wie bei Voltaire, der sagte: Ich halte es zwar für den allergrößten Unsinn, was Sie da schreiben, aber ich werde Ihr Recht, den allergrößten Unsinn zu schreiben, unter Einsatz meines Lebens verteidigen. Ich selbst bin als Kommandant aus sicherer Entfernung dabei – und Sie, werte Kollegen?«

Im Kreis wird gemurrt und gekichert, einer sagt: »Ja, der Mühsam hat Kapazitäten frei, weil der Eisner ihn nicht zu sich ruft.«

»Wer will schon in diesem Kabinett der Kompromisse mitwirken«, sagt Mühsam unwirsch und dann, zu Meyrink hinüber:

»Jetzt müssen Sie sich aber wirklich sputen, Kollege!«

»Was meinen Sie?«

»Eisner macht Ernst mit der Kriegsschuldsache. Er will geheime Reichsdokumente veröffentlichen, die angeblich beweisen, dass Deutschland den Krieg begonnen hat. Im Auswärtigen Amt toben sie. Aber Eisner ist davon besessen. Er wird sich nicht aufhalten lassen.«

»Ich habe die Zeitungen heute noch nicht genauer studiert«, sagt Meyrink.

»Lesen Sie, lesen Sie! Aber glauben Sie nichts!«
»Warum dann lesen?«, sagt Meyrink.

Recherchenotiz

[Kurt Eisner, Protokoll einer Rede vor bayerischen Soldatenräten, Ende November, aus: Kurt Eisner: *Die neue Zeit*, (München, 1918)]

Und dann die Gerüchte! Seitdem ich das zweifelhafte Vergnügen habe, durch das Schicksal auf den Sessel des Ministerpräsidenten geschickt worden zu sein, werde ich Tag für Tag ermordet. (Heiterkeit!) Ich habe schon des Öfteren gedacht, für einen armen einzelnen Menschen ist es wirklich ein Trost, dass er nur einmal gemordet werden kann. (Heiterkeit!) Das Auswärtige Amt wird jeden Tag gestürmt, Versammlungen werden abgehalten, in denen die Kontre-Revolution von links oder rechts mobilisiert wird. Aber solange ich lebendig bin, lasse ich an dem Werke, an dem ich all die Jahre gearbeitet, nicht tasten, weder durch den Wahnsinn von heute noch durch das Verbrechen von gestern. (Stürmischer Beifall.)
Ich bin gewöhnt, schnelle Entschlüsse zu fassen, wenn es mir notwendig erscheint. Zu diesem Zweck veröffentliche ich aus den Geheimakten der bayerischen Gesandtschaft jenes Dokument, das nun dem Blödesten beweist, wem wir den Krieg verdanken. [Verschiedene Akten und Aktennotizen aus dem Sommer 1914, die nach Eisners Ansicht

belegten, dass das Deutsche Reich aktiv auf den Beginn des Krieges hinwirkte.] *Zu dem Unsinn, der da durch die Presse läuft, gehört ja auch, dass wir damit der Entente irgendetwas Neues gesagt haben. Unsere ehemaligen Kriegsgegner wissen das seit dem Juli 1914. Im Auswärtigen Amt herrscht bleicher Schrecken wegen dieser Veröffentlichungen. (Zuruf: Bei wem?) Bei allen. Aber das deutsche Volk muss endlich wissen, wem es diese viereinhalb Jahre, wem es diesen Zusammenbruch verdankt.*

Doch ich will nicht immer Polemik betreiben. Sie mögen über die Entente denken, was Sie wollen. Sie mögen sie für mitschuldig halten, genauso wie ich sie für nicht schuldig halte, nicht einmal für mitschuldig. […]

Und nun bitte ich Sie wirklich und beschwöre Sie: helfen Sie uns doch, dass wir wenigstens den Versuch machen, zu irgendeinem Ergebnis mit der Entente zu kommen! (Bravo!) Ja, es stimmt, ich war es, der der erste, vielgenannte Führer war. Aber ich hasse das Wort genauso wie den Begriff »Führer«. Wir sind Mitarbeiter, nicht Führer.

Ende

Recherchenotiz

[Ende April 2018, Leseraum der *Bibliotheca Philosophica Hermetica*, Keizersgracht, Amsterdam; (endlich!) Einblick in das Notizbuch von Gustav Meyrink, das Notizen zum »Freimaurerroman« enthalten soll; Hochformat, flexibel in schwarzes (Kunst-?)Leder gebunden, Eckenschutz Messing. Gesuchte Stelle ca. in der Mitte des Notizbuches, linke Seite oben. Datierung fehlt.]

Freimaurerroman   [mit Wellenlinie unterstrichen]
Bemerkg.: 1) »gänzlich betirpitzt«
2) Man braucht das deutsche   [Anführungszeichen fehlt]
Volk nur in den Sattel zu setzen,
das Herunterfallen wird es schon
selber besorgen.«

[Das ist alles. – zu 1) »betirpitzt« – wohl ein Wortspiel auf Großadmiral Alfred von Tirpitz, Verfechter deutscher Großmachtphantasien vor allem auf dem Meer, 1917 Mitbegründer der nationalistischen Vaterlandspartei]

Unsichtbar (1)

Dieser Roman wird auf der Schreibmaschine entstehen. Er muss so viel Raum wie möglich zwischen sich und dieses elende Werk bringen. Bleistift oder Tinte auf Papier: zu nah. Wie die Hand die Verlängerung des Armes, so ist die Feder die Verlängerung der Finger, und die Tinte dahinfließendes Herzblut. Sonst gerne – die Satiren, der *Golem* – alles mit der Hand geschrieben. Diesmal nicht.

Mena den Text diktieren geht auch nicht: Ihre hochgezogenen Augenbrauen würden ihn zu sehr irritieren; da müsste er nicht einmal zu ihr hinsehen. Der Parlograph: setzt ihn unter Druck mit seiner sirrenden Walze. Schreibmaschine dagegen: ideal. Sie schweigt vornehm, solange sie nicht bedient wird, und wenn, dann klappern die Hebel und Typen auf höchst befriedigende Art, jeder Anschlag ein Ausweis des Fleißes.

Meyrink macht den Rücken gerade und beginnt. Mit zwei bis vier Fingern tippt er, je nachdem, wie die erforderlichen Tasten liegen. Nicht schnell, nicht langsam.

```
         Freimaurer-Roman
               von
         Gustav Meyrink
             Teil 1
```

Kapitel 1

Er besinnt sich eine Weile, dreht die Walze zurück und tippt unter seinen Namen:

```
          Autor des Golem.
```

Was kann nun noch schiefgehen? Nur einfach anfangen. Erzählen, was war. Wie es war. Warum die Phantasie anstrengen, wenn die Wirklichkeit sie um Längen schlägt? Ob es jemand glaubt, darf ihn nicht bekümmern, nicht jetzt. Soll das ruhig den Verleger quälen, später. Wie war das, wie begann die ganze Sache? Es hatte an der Haustür geklopft; geklopft, weil die elektrische Klingel nicht funktionierte, weil er diese nicht hatte reparieren lassen, um den Elektriker einzusparen. Und beim erfolglosen Eigenversuch hatte er auch noch einen Stromschlag erhalten.

```
Es klopft.
```

Das ist der Anfang. Das ist ein guter Anfang, er verheißt ein Ereignis. Und doch ist es irgendwie zu eindeutig, denkt Meyrink, bauen wir sogleich eine Komplikation ein. Die Typenhebel fliegen:

```
Teufel noch mal, denkt Meyrink, wer klopft?
Der Einzige, der hier klopfen darf - und zu
gegebener Zeit auch klopfen wird -, bin ich,
und ich habe nicht geklopft.
```

Er wird hier in dritter Person über sich schreiben. Eventuell muss man das später ändern: der Schriftsteller. Oder ein anderer Name. Doch im Moment fühlt es sich gut und richtig an.

Als es klopfte, an jenem Abend im Spätwinter, hatte er in Pantoffeln und Hausrock am Schreibtisch gesessen und mit klammen Fingern – da im Hause Meyrink damals nicht nur am Elektriker, sondern auch an der Heizung gespart wurde – die Einkäufe des abgelaufenen Monats in das Haushaltsbuch übertragen. Klopfen …, denkt Meyrink, wenn ich es überhört hätte, säße ich vermutlich nicht hier. Damals legte er den Bleistift nieder, rief zu Mena hinüber, die im Wohnzimmer den Kindern etwas vorlas: Lass nur, ich öffne. – Das kann er nicht schreiben. Bedeutungsvolles steht an. Frau und Kinder müssen weg. Die Pantoffeln müssen weg, der Hausrock. Eine Situation muss her, und er weiß auch schon, welche. Tischrücken – von allen »okkulten« Vorstellungen die dümmste, er ist ja oft genug dabei gewesen. Dabei »klopft es« – wird geklopft –, aber erst nach allerlei Brimborium.

```
Er blickt in vier entgeisterte Gesichter. Das
hätten sie nicht gedacht. Ausgerechnet bei
einer spiritistischen Sitzung. Das Tischrücken
hat kaum begonnen, der Tisch noch nicht einmal
gezittert, schon gar nicht geschwebt, und es
klopft. Die Apothekerwitwe bewegt stumm die
Lippen, die Frage, die sie an den lieben Ver-
storbenen richten will, muss hinaus. Meyrink
hebt die Hand; die Witwe ist jedoch nicht zu
bremsen.
»Hartmut, bist du das?«
```

Hartmut war es sicher nicht, murmelt Meyrink und beginnt wieder zu tippen:

```
Wieder klopft es, und wieder ist es nicht der
Hausherr. Es ist sicher nicht das Jenseits, das
sich meldet, das wäre das erste Mal. Jemand am
Tisch sabotiert die Séance. Jemand reißt das
alberne Spiel an sich. Jemand treibt Scherz
in einer ohnehin schon lächerlichen Situation.
Jemand macht sich lustig, über ihn, Meyrink,
den Spiritisten vom Haus zur letzten Latern.
Die Apothekerwitwe ist es nicht. Sie legt die
Hände wie zum Gebet zusammen.
»Hartmut, Liebster, es ist wegen des Schmucks,
ich bitte dich. Wo hast du den Pfandschein
versteckt?«
»Bitte nur Ja-Nein-Fragen, gnädige Frau«,
```

denn die wenigsten Geister können morsen

```
sagt Meyrink.
```

Jetzt läuft es. Die nächsten paar Absätze sind sicher. Er hat alles vor Augen, wie sie da sitzen und schauen und Grimassen ziehen, Kimmerle, der Bankier, Eisenschmid, der Fuhrunternehmer, von Rambaldi, ein reicher Starnberger Privatier. Die Männer gibt es, er kennt sie nur zu gut, die heißen nur nicht so, die Namen hat er aus seinem Namensvorrat, und der stammt von den Grabsteinen auf dem alten Münchner Südfriedhof. Meyrink überfliegt das Geschriebene. Eine Steigerung der Dringlichkeit wird notwendig. Und wohl ein frisches Farbband, denn schon lässt die Lesbarkeit der Buchstaben auf dem Papier nach.

```
Es klopft. Es hämmert.
Das ist nicht Hartmut,
```

tippt Meyrink und spricht sich den Text vor: Da ist jemand an der Haustür ... sicher nur ein später Hausierer. Als er in Pantoffeln und Hausrock zur Tür gegangen war – wer konnte es schon sein, der Nachbar wohl –, spürte er eine gewisse Verärgerung über die gewiss unnötige Störung, deswegen also eine gewisse Wut – zumindest Unbeherrschtheit:

```
Meyrink stößt die Haustür auf - beinahe fegt er
den Einarmigen von der Schwelle, der da steht.
```

Der Mann war gar nicht einarmig. Er brachte ein Telegramm. Von der Schwelle hätte es ihn dennoch beinahe gefegt, weil ihm die Tür ins Gesicht flog; nur die vor den Bauch gehängte Ledertasche dämpfte den Stoß. Sein Fahrrad lehnte am Laternenpfahl. Er hatte es eilig, drückte Meyrink das Telegramm in die Hand und ließ sich eine Unterschrift in sein Büchlein geben.

Meyrink zieht ein neues Blatt in die Maschine ein und die Schreibtischschublade auf, um zu sehen, ob sich dort ein frisches Farbband befindet – nein. Weiß blendet das Papier unter der Schreibtischlampe. Ich bin ein Kinematographenprojektor, denkt Meyrink, und was ich sehe, projiziere ich auf diese Leinwand. Er beschreibt, was er sieht: ein elegantes

Auto, einen Chauffeur, der seine Mütze abgenommen hat und vor dem Bauch wie ein Lenkrad in den Händen dreht. Den davonradelnden Telegrammboten sieht er nicht.

`»Sie sollen einen Roman schreiben.«`

Und das tue ich, sagt Meyrink.

Nach vier oder fünf weiteren Seiten ist das Farbband völlig verbraucht. Er dreht es um: hilft nichts, das Gewebe ist staubtrocken. Er probiert es mit einigen Durchschlagpapieren, doch auch die sind zu oft benutzt worden, um noch eine Wirkung zu haben. Zu dumm: einmal kein Mangel an Ideen, und vor den Augen verschwindet alles in verblassenden Buchstaben. Eine Art von Blindschreiben. In aller Theorie könnte er die Arbeit einstellen und am nächsten Tag neue Farbbänder holen. Aber das würde vielleicht bedeuten, mit leeren Krügen zu einer versiegten Quelle zurückzukehren. Das Risiko scheint ihm jetzt, wo es so gut läuft, zu hoch. Besser, sich jetzt satt zu trinken.

Meyrink macht weiter, Blatt um Blatt. Am Morgen bringt Mena eine Tasse Tee.

»Was tust du die ganze Nacht?«, fragt sie und fährt mit dem Daumen an der Ecke des neben der Schreibmaschine abgelegten Blätterstapels entlang, »ich höre die Maschine klappern, aber ich sehe nichts, nur weißes Papier.«

»Das ist der Freimaurerroman«, sagt Meyrink, »und er schreibt sich wie von selbst.«

»Beim Lesen wird man etwas mehr Mühe aufwenden müssen«, sagt Mena und verlässt das Zimmer.

In den nächsten beiden Wochen gibt es für Meyrink nur

noch Schreiben und Yoga, das Allernötigste an Essen und Trinken. Nachdem er bei einem Blattwechsel feststellt, dass die Typen leichte Prägungen im Papier hinterlassen, klemmt er einen feinen Pappstreifen hinter die Farbbandführung. An manchen Tagen gelingen ihm an die zwanzig Seiten, an manchen weniger.

Zwischendurch kommt aus Berlin ein raunziger Brief. Das faktische Kriegsende per Waffenstillstand habe man ja nun verpasst. Hahn will wissen, wie weit Meyrink sei. Man wolle wenigstens noch vor Beginn der Friedensverhandlungen Mitte Januar herauskommen mit dem Buch, das Papier, die Satz- und Druckereikapazitäten seien schon reserviert. Man habe auch gehört, dass Meyrink zwei anberaumte Treffen mit Herren der Großloge von Deutschland habe platzen lassen. Darüber sei man, gelinde gesagt, sehr indigniert. Meyrink lässt den Brief in den Papierkorb fallen, schreibt höflichst und unverbindlichst zurück und setzt die Arbeit fort. Er nummeriert jedes Blatt sorgfältig am unteren Seitenrand mit Bleistift. Wenn Mena ihn in seinem Zimmer besucht, hört sie ihn während des Tippens mal lauter, mal leiser vor sich hin murmeln.

»Wenn du doch nichts schreibst, wieso machst du dir dann die Mühe?«, fragt sie.

»Ach«, sagt Meyrink, »was auf dem Papier steht, ist ohnehin nicht wichtig, Schreiben ist nicht allein das Produzieren von Buchstabenreihen.«

Recherchenotiz

[Letzter (erhaltener) Brief von Meyrink an Hahn in der »Sache Freimaurerroman«, ca. Anfang Dezember 1918, Bundesarchiv Berlin-Lichterfelde, Akt RN 71465]

Sehr geehrter Herr Legationsrat!

Vielen Dank für Ihr so liebenswürdiges Schreiben! Gegen Mitte Dezember bin ich in Berlin und werde, von Ihrer Erlaubnis Gebrauch machend, mich endgültig [im politischen Archiv des Auswärtigen Amtes] *informieren. Auch ein Treffen mit den Herren der Großloge ist geplant.*
Ich verstehe Ihre Ungeduld, aber seien Sie versichert: Der Roman ist so gestellt, dass er in jeder Hinsicht aktuell bleibt.
[…]
Ich freue mich auf baldiges Wiedersehen und verbleibe
In vorzüglicher Hochachtung
Ergebenst
Ihr
Gustav Meyrink

Unsichtbar (2)

Im Übrigen hielt sich Meyrink an die Ermahnung Hahns, nicht »zu lange« zu werden. In schwierigen Zeiten wie diesen hätten die Menschen weder Zeit noch Neigung, sich durch allzu viele Seiten zu kämpfen; und sie seien es nach viereinhalb Jahren der Propaganda nicht mehr gewohnt, selbst zu denken – ein Scherz, den Hahn sich erlaubte. Auch solle er, Meyrink, die Botschaft simpel halten, und im Zweifel eher auf Wiederholung als auf Logik und Argumentation setzen. Wann immer Meyrink seine leeren Blätter überflog, fand er, dass die Vorgaben aus Berlin hervorragend erfüllt seien. Die Lektüre des »Freimaurerromans« – für den er übrigens noch einen griffigeren Titel würde finden müssen, denn dieser Hahn schien nicht ausreichend phantasiebegabt für diese Aufgabe – dürfte keine besonders hohen Anforderungen an die Leserschaft stellen. Mit dem Klappentext sollte der Inhalt klar umrissen sein, und der Rest – ergäbe sich zwanglos.

Selten hatte Meyrink entspannter an einem literarischen Text geschrieben. Die ganze Agonie, die er bei früheren Werken durchlitten hatte – verschwunden. Am *Golem* hatte er sich über Jahre hinweg versucht, heraus aus der Schublade, hinein in die Schublade; und die Satiren – entweder es funktionierte auf Anhieb, oder er verwarf die Idee. Da würde eine andere kommen. Wenn nicht, war eben nichts zu machen. Mit zusammengebissenen Zähnen zu schreiben, mit Schweißperlen auf der Stirn: sinnlos. Durch Anstrengung ist nichts gewonnen. Man darf nicht pumpen, es muss fließen.

Und es floss. Es gab keine Unterbrechungen und Anfälle von Verzweiflung durch die Abscheu, die jeden echten Schriftsteller beim ersten Anblick seiner Worte auf Papier unvermeidlich überkommt, überkommen muss: Er sah ja nichts, was die Freude an der Arbeit hätte stören können.

Er brauchte knapp drei Wochen für den Roman, den er, für sich, nun immer öfter den »unsichtbaren Roman« nannte. Andererseits – welcher Roman ist schon sichtbar? Doch genauso wenig wie Gedanken. Das ganze Wortwuchten dient nur dem Zweck, einen gläsernen Körper einzukleiden. Im Lesen entkleidet der Leser diese Figur, bis sie in ihrer ganzen mehr oder minder glorreichen Durchsichtigkeit vor ihm – oder ihr – steht.

Er vernachlässigte alle Tätigkeiten im Haus, ging nur noch jeden zweiten Tag rudern; und dann auch nur die kleine Runde. Er sagte zu Mena, er sei ein Idiot gewesen, das Schreiben so lange aufzuschieben, aber, anders betrachtet, sei die Aufschiebezeit sozusagen das Bebrüten des Eis gewesen, ohne die das rasche Schlüpfen des Werks nicht möglich gewesen wäre.

»Wie geht es denn aus«, fragte Mena gegen Ende dieser Wochen, »willst du mir etwas vorlesen?«

»Warum nicht«, sagte Meyrink und nahm ein paar Blätter vom Stapel.

»Der Erzähler, ein Schriftsteller, der möglicherweise

meinen Namen trägt, ist sich inzwischen der Unmöglichkeit der ihm gestellten Aufgabe bewusst geworden. Immer wieder hat er vergebliche Anläufe genommen, bis ihm ein nachlassendes Farbband die Vergeblichkeit alles Schreibens aufzeigt.«

Mena seufzte.

»Soll ich dir vorlesen oder nicht? Gut. – Jedenfalls fühlt sich der Schriftsteller verpflichtet, den Auftrag zu erfüllen. Verträge sind – unter maximaler Dehnung der künstlerischen Freiheit – einzuhalten. Für den Schluss braucht er einen Schuldigen, und deshalb spricht er mit einem Freund, der sich bestens auskennt in der Politik. Das Kapitel ist überschrieben:«

Ich, Romanfigur

Ich hatte Mühsam seit Wochen nicht mehr gesehen. Auch er bezeichnete sich als Schriftsteller, obwohl er keinen Verleger hatte und seine Schriften selbst drucken musste. Jeder, dessen Wort gelegentlich auf die eine oder andere Weise gedruckt wurde oder der dies vorhatte, konnte sich Schriftsteller nennen. Mühsam hatte gelegentlich Zeitschriften herausgegeben, die er zumeist mit Werken aus eigener Feder füllte. Als der Krieg begann, stellte er das Erscheinen seines Blattes ein – aus Protest. Natürlich beschwerte sich niemand, denn dazu war es zu unbedeutend. In den Künstler- und Intellektuellenkneipen der Stadt aber blieb seine Stimme laut und deutlich zu vernehmen. Seit Beginn der Revolution war Mühsam in erster Linie zum Politiker geworden; allerdings hatte er bislang vergeblich auf einen einflussreichen Posten gewartet, weswegen er sich auf Sticheleien gegen den gegenwärtig herrschenden Ministerpräsidenten beschränken musste, der im Stadtadressbuch ebenfalls als »Schriftsteller« firmierte.

Ich hatte Mühsam gelegentlich zu politischen Fragen konsultiert, da dieser in solchen Dingen bewandert war; womöglich mehr als in der Schriftstellerei. Anzutreffen war er meistens in einer der einschlägigen Kneipen. Dass er eine Wohnung besaß, schien nicht so sicher (und doch war es so – es gab auch eine Frau Mühsam – und viele Freundinnen). Wir hatten öfter über die Freimaurer gesprochen und nun, nachdem der Roman fast fertiggestellt war, drängte es mich, ihm zu berichten.

»Sie haben mir doch ein düsteres Ende in Zeiten der Revolution prophezeit«, sagte Mühsam zur Begrüßung, »und hier sitze ich, mäßig besorgt, und wünschte mir, mein Leben wäre viel gefährlicher. Ihnen, lieber Kollege, sind wenigstens die Freimaurer auf den Fersen. Viel Feind, viel Ehr!«

Ich blickte zurück über meine Schulter (ein bisschen Theater, zugegeben) und schob Mühsam in Richtung einer Nische am Ende des Saals. Ich winkte einen Kellner herbei, wartete ab, bis Mühsam, der stets hungrig war, seine Bestellung aufgegeben hatte, und sagte dann:

»Dabei habe ich die Freimaurer längst aus meinem Visier entlassen. Sie waren es nicht. Man kann es einfach nicht behaupten, ohne für verrückt oder auf irgendeine Weise für besessen gehalten zu werden.«

»Was Sie nicht sagen. Wer dann?«

Mühsam wirkte zerstreut, als hätte er Wichtigeres als die Sorgen eines Autors zu bedenken: seine eigene revolutionäre Zukunft möglicherweise.

»Das wollte ich mit Ihnen besprechen, denn ich fürchte, meine Leser werden es mir übelnehmen, wenn ich ihnen keine Übeltäter servieren kann.«

»Was sind Sie denn für ein Schriftsteller, dass Sie sich um Ihre Leser scheren?«

»Ein Gemüsehändler dreht seinen Kunden auch keine faulen Kartoffeln an, oder?«, sagte ich.

»Da kennen Sie nobler Starnberger die hiesigen Gemüsetandler schlecht«, sagte Mühsam, »und den Hunger nach Kartoffeln auch nicht, aber bitte, wie steht es denn nun mit Ihren Kartoffeln?«

»Ich stehe kurz vor der Lieferung«, behauptete ich. »Das Manuskript ist so gut wie fertig, hier und da fehlt noch ein Tupfer oder eine kleine Ergänzung. Es liest sich geschmeidig, die Seiten fliegen geradezu dahin. Ich denke, es wird in vieler Hinsicht eine Novität darstellen, wenn es erscheint.«

»Novität, schön, schön«, sagte Mühsam, nun ganz auf die Suppenschüssel konzentriert, die der Kellner gerade vor ihm abgestellt hatte, »ich bin alte Schule – wie soll ich Ihnen da helfen?«

Jetzt sagte ich erst einmal nichts mehr. Mühsam schlürfte mit Andacht seine Suppe, dachte nach und legte dann den Löffel hin.

»Außerdem, fürchte ich, muss ich Sie enttäuschen.«

»Nur zu«, sagte ich, »Enttäuschungen sind mein Treibstoff.«

»Haben Sie denn nicht Eisners jüngste Eskapaden mitbekommen? Ich hatte Sie darauf hingewiesen.«

»Wie denn? Ich habe wochenlang geschrieben, nur geschrieben!«

»Das tut mir jetzt leid für Sie. Die Schuldfrage ist ein totes Pferd«, sagte er, »das können Sie nicht mehr satteln und schon gar nicht reiten. Fragen Sie Eisner. Ihn hat das Pferd abgeworfen, bevor es selbst verreckt ist. Und ich sollte mich schwer täuschen, wenn die Kugel für Eisner nicht schon gegossen wäre.«

»Hören Sie doch auf«, sagte ich und war aufrichtig erschüttert. »Wer wollte dem braven Mann etwas Böses?«

»Ich will nur sagen: Mit der Veröffentlichung der Schulddokumente hat er sich keinen Gefallen getan. ›Wir sind doch nicht besiegt!‹, schreien die Leute, ›unsere Truppen kehren erhobenen Hauptes aus dem Felde zurück, sie ziehen die Ludwigstraße hinauf und unter dem Siegestor durch – und nun rammt man uns feige den Dolch zwischen die Schulterblätter, und der Eisner, dieser verschlagene, struppige kleine Berliner Jude, beschmiert uns mit Dreck.‹«

Er beugte sich zu mir herüber und fügte leise hinzu:

»Wissen Sie, wer am heftigsten gegen Eisner polemisiert hat?«

»Ich habe keine Ahnung.«

»Ihre Freunde und Auftraggeber, das Auswärtige Amt«, sagte er. »Und nun frage ich mich: Was wissen die, was wir gewöhnlichen Menschen und Zeitungsleser nicht wissen? Was steht in Ihrem Roman? Öffnen Sie mir die Augen, oder …«

Ich vervollständigte seinen Satz in Gedanken: … oder lassen Sie mich damit endlich in Ruh.

Mühsam griff in seine Jacke, wühlte ein wenig in den Innentaschen herum und zog etwas heraus, entfaltete es umständlich und hielt es mir vors Gesicht. Er nahm noch schnell ein paar Löffel Suppe und sagte:

»Das Flugblatt, mein Freund, ist die zeitgemäße Form der Verständigung und Verlautbarung mit so wenigen Worten als möglich.«

Ich las:

Wacht auf! Wacht auf!

Lange genug haben wir alle geschlafen und sind dadurch schuldig geworden.

»Von wem ist das?«, fragte ich.

»Ernst Toller hat das geschrieben, vor fast einem Jahr.«

»Nach Ihren Maßstäben also völlig veraltet.«

»Hätte ich es dann aufgehoben?«

Ich überflog weiter das Flugblatt.

Glaubt nicht den Zeitungsschreibern, jenen verrotteten verantwortungslosen Burschen, die, selber Knechte, Euch bestellte moschusstinkende Beruhigungsmittel geben, damit auch Ihr Knechte bleibt. Aber Ihr bräuchtet doch nicht Knechte zu sein! Glaubt doch an Euch, wenn Ihr mir nicht glaubt. Was Ihr tun sollt? AUFWACHEN!

»Lieber Mühsam«, sagte ich, »wie immer haben Sie mir sehr geholfen.«

»Was denn, damit? Aber nicht doch.«

Ich klopfte ihm auf die Schulter, drückte dem Kellner im Verlassen des Lokals einen großzügig ausgesuchten Geldschein in die Hand, damit Mühsam der Suppe noch mindestens einen Gang hinzufügen konnte.

Nachher

Recherchenotiz

[Hans Reimann, *3. Literazzia* (München, 1954):]

Mindestens sechs Monate seit seinem Besuch beim Auswärtigen Amt verstrichen, ehe sie in Berlin erfuhren, wer Meyrink eigentlich war. Sofort ersuchten sie ihn, die Niederschrift des Manuscriptes abzubrechen.
(Dr. Wichtl in Wien wurde mit der Kommission beehrt.)

[Ebenso Carl Vogl, *Aufzeichnungen und Bekenntnisse eines Pfarrers* (Berlin–Wien, 1930):]

Die Meyrink entzogene Arbeit ist dann einem Dr. Wichtl in Wien übertragen worden …

Hahn

Kaum nötig zu erwähnen, dass man Unter den Linden 77 sehr erfreut war, als der lange erwartete Roman von Gustav Meyrink endlich eintraf. Der Einarmige lieferte das Manuskript persönlich ab. Legationsrat von Hahn, der es entgegennahm, riss ungeduldig den Bindfaden ab und begann umgehend mit der Lektüre.

»Teufel auch, ist ja kaum zu entziffern«, rief er, und dann in Richtung des Einarmigen: »Sie kommen auch darin vor!«

»Oh, das ist aber nicht gut«, sagte der und verließ Hahns Büro in dem Moment, als der andere Hahn eintrat. Dieser ließ sich in einen Sessel fallen, zupfte an seiner Fliege.

»Nun, wie ist es?«

»Habe gerade erst angefangen.«

Nach einigen Minuten klingelte von Hahn nach seinem Sekretär und trug ihm auf, entweder eine stärkere Glühbirne oder eine zweite Schreibtischlampe aufzutreiben. Am besten beides.

»Der Mann hat sich nicht einmal frisches Farbband geleistet«, sagte von Hahn.

Dann nahm er den Zwicker von der Nase, hauchte auf die Linsen und begann sie mit seinem Taschentuch zu polieren.

»Ah ja«, sagte Hahn und nahm den Deckel von der

Schachtel Pralinen, die er mitgebracht hatte, »ist es schwer verständlich?«

»Das nicht gerade«, sagte von Hahn.

»Aber?«

»Nichts aber. Lassen Sie mich doch lesen!«

Der Sekretär brachte eine Glühbirne und eine Schreibtischlampe; Letztere installierte er links von dem Papierstapel, Erstere tauschte er gegen die bisherige aus.

»Nicht viel besser, was«, sagte Hahn mit vollem Mund, »ach, und möchten Sie vielleicht auch eine Praline?«

»Ich finde es gut«, sagte von Hahn etwas angestrengt. »Danke. Keine Praline.«

Hahn fischte mit langen Fingern in der Schachtel, lupfte ein Stück heraus, ließ es wieder hineinfallen, nahm ein anderes und sagte:

»Ich wusste, dass wir mit Meyrink den richtigen Mann für diese Aufgabe gefunden hatten. Das sehen Sie doch auch so, Herr Kollege?«

»Absolut.«

Es wurde langsam dunkel. Die Pralinenschachtel leerte sich. Vor der Bürotür rief man im Vorübergehen: »Schönen Feierabend noch!«, aber die beiden blieben stumm. Je weiter von Hahn in den Roman Meyrinks vordrang, desto schneller kam er voran.

»Ein gutes Zeichen«, bemerkte Hahn zwischendrin einmal.

»Müssen Sie nicht nach Hause?«, fragte von Hahn bei dieser Gelegenheit.

»O nein, und ich muss doch wissen, wie es ausgeht.«

Der andere sagte nichts. Als er fertig war, knipste er eine

der beiden Tischlampen aus, ordnete die Blätter. Er benutzte das Taschentuch, um sich feine Schweißperlen von der Stirn zu wischen.

»Ich bringe das jetzt nach oben«, sagte er, »nach ganz oben, ich muss in der Angelegenheit vortragen.«

»Das ist bedauerlich«, sagte Hahn, »auch ich würde es gerne lesen – zumindest querlesen.«

»Als ob *Sie* nicht wüssten, was drinsteht.«

»Aber woher denn?«, sagte Hahn und öffnete die Bürotür, um dem anderen den Vortritt zu überlassen. »Nur einen kleinen Moment noch.«

»Was denn noch?«, sagte Hahn.

»Das wäre die Honoraranweisung für den Autor«, sagte Hahn, »wenn Sie diese freundlichst gegenzeichnen wollten, wäre ich Ihnen sehr zu Dank verpflichtet.«

Hahn presste den Zettel gegen den Türstock, und von Hahn unterzeichnete – nach kurzem Überlegen und mit einem Gesichtsausdruck wie Sisyphos vor einem neuerlichen Aufstieg – hastig klecksend mit dem Füllhalter.

»Einen guten Abend.«

»Ihnen ebenso.«

Legationsrat von Hahn, den Stapel Blätter unter den Arm geklemmt, ging in Richtung des Treppenhauses, stieß den Windfang mit dem Stiefel auf. In das Klappern der zurückschwingenden Tür rief Hahn: »Und – schuld sind …?«

Von Hahns Stiefeltritte auf der Treppe hallten zurück in den Gang, in dem Hahn stand. Die Türflügel pendelten nach und blendeten die wohl über die Schulter gerufene Antwort mehr oder weniger stark aus. Hahn war sich nicht ganz sicher, glaubte aber, verstanden zu haben:

Alle, die es nicht verhindert haben.

Klingt glaubhaft, dachte Hahn, aber wenig spektakulär. Nun muss wohl doch der Wichtl ran.

Er ging in sein Büro am Ende der verschlungenen Gänge, brühte einen Tee auf. Während er in kleinen Schlucken trank, dachte er: Der andere Hahn wird eine Abreibung bekommen, vielleicht sogar eine Versetzung auf einen minderen Posten im Hause oder im Ausland, aber die zweite Hälfte des Honorars werden sie anstandslos anweisen. Für die paar Reichsmark hätte eine Batterie Feldartillerie an der Westfront eine Minute lang aus allen vier Rohren feuern können. Eine öffentliche Auseinandersetzung über den Fall wäre das Letzte, was man im Amte wünschte. Also gilt: Schwamm drüber, und das Manuskript kommt in den Giftschrank, oder es wird vernichtet.

Dieses Experiment war nun gründlich misslungen – aber deswegen doch nicht umsonst gewesen. Den Versuch war's wert, sagte sich Hahn. Dass Romane die Welt verändern können, will ich dennoch fest glauben.

So oder so musste die Aufgabe erfüllt werden – nunmehr auf keineswegs elegante Weise. Auf dem Schreibtisch lag Wichtls erstes Buch:

Dr. Karl Kramarsch
Der Anstifter des Weltkrieges

Hahn blätterte lustlos, bis er am Ende des schmalen Bandes auf einige Leserstimmen stieß. *Das Tatsachenmaterial ist von überwältigender Überzeugungskraft ...* schreibt der Sparkassenleiter R. K. aus R. ... *eines der wichtigsten Dokumente über die Schuld am Weltkriege ... gut verständlich und leicht fassbar* – dies die *nicht maßgebliche Meinung eines deutschen Arbeiters,* und *Professor F. H.* teilt mit: *Ihr Werk hat mich derart gefesselt, dass ich es von der ersten bis zur letzten Seite ohne Unterbrechung durchlas ... es ist entsetzlich, dass der betreffende Urheber sein böses Spiel weitertreiben kann ...*

Hahn bevorzugte die tschechische Schreibweise Kramář. Die Österreicher hatten den Russenfreund und Aufwiegler aus gutem Hause – er besaß sogar eine Villa auf der Krim – wegen Hochverrats zum Tode verurteilt, aber dank der kürzlichen Amnestie war er freigekommen und vor einigen Wochen der erste Premierminister der neuen, unabhängigen Tschechischen Republik geworden. Ja, es ging drunter und drüber in diesen Tagen. Auch Wichtl – vormals Violinlehrer und Direktor einer Privatschule – war seit kurzem wieder Politiker, saß als Abgeordneter in der provisorischen Nationalversammlung der Republik Deutschösterreich.

»Leute von gestern für die Welt von morgen«, seufzte Hahn.

Den Kramář – pardon, *Dr.* Kramář, da ist man in Österreich selbst mit Hochverrätern eigen – hatte der überall Verschwörung witternde Kettenhund Wichtl nach den Regeln seiner kruden Kunst zerkaut. Zeit, ihm einen neuen Knochen hinzuwerfen. Hatte er den Kramář nicht auch der Freimaurerei bezichtigt?

Hahn zog einen Briefbogen aus der Mappe, sammelte seine Gedanken und machte sich bereit zu schreiben.

Eine halbe Stunde später kam der Einarmige den Brief abholen.

»Ah«, sagte Mena, »so endet das?«

»Nun ja, Ende ist nur ein anderes Wort für Anfang«, sagte Meyrink. »Aber wenn ich an Wichtls Stelle wäre, würde ich schreiben:«

Es klopft.

Notiz zur Geschichte der Geschichte

In der elften Klasse schrieb ich einen größeren Deutschaufsatz – »Facharbeit« nannte sich das – mit dem Titel »Realitätsbezüge in Gustav Meyrinks Roman *Der Golem*« – oder so ähnlich; das Werk ist verschollen. Ich fand allerhand Übereinstimmungen in Personen, Örtlichkeiten und Begebenheiten, manches gar nicht, manches mehr verfremdet. Offenbar hat mich schon früh die Linie interessiert, die Fakt und Fiktion, Vertrauen vom Zweifel, Realität von Phantasie trennt. Falls sie überhaupt trennt und nicht eher verbindet. Manchmal scheint mir Fakt jene Fiktion zu sein, auf die sich alle (zumindest die meisten) einigen können. Aber das passiert nicht nur im Kollektiv. Für den, der mit der gehörigen Leidenschaft liest, löst sich diese Linie oft auf. Der englische Schriftsteller und Kritiker Samuel Taylor Coleridge beschrieb das mit der Formel *The willing suspension of disbelief*. Jede Übersetzung ins Deutsche wirkt unbeholfen, so dass man beim mehr oder minder Wörtlichen bleiben kann: Das willentliche Aufgeben des Unglaubens. Oder: Du wünschst, dass es wahr ist. Oder: Wie der Leser zum Komplizen des Autors wird.

Darauf, glaube ich, haben die Auftraggeber Meyrinks im Auswärtigen Amt gesetzt, als sie ihn auf seine *Mission Impossible* schickten. Der Auftrag ist nicht erfunden. Genauso wenig die »Recherchenotizen« in diesem Buch, welche allerdings der modernen Rechtschreibung »behutsam angepasst« wurden – genauso wie gelegentlich auch ein paar sogenannte Fakten den Romanerfordernissen.

※

KURT EISNER wurde am 21. Februar 1919 von dem rechtsnationalen Anton Graf Arco auf Valley erschossen, als er gerade auf dem Weg in den Bayerischen Landtag war, um seinen Rücktritt zu erklären. Bei den Wahlen im Januar hatten er und seine Partei Unabhängiger Sozialdemokraten eine herbe Niederlage erlitten – aus mehreren Gründen. Auch Eisners Fixierung auf die Kriegsschuldfrage hatte dazu beigetragen. Die »Dolchstoßlegende« (die deutsche Armee sei an der Front nicht besiegt, sondern von Sozialdemokraten und einer jüdisch-bolschewistischen Verschwörung verraten worden) und die Empörung über die als Siegerjustiz empfundenen Friedensverhandlungen waren bereits in voller Blüte.

ERICH MÜHSAM, bei der Novemberrevolution zu kurz gekommen, spielte während der Herrschaft der Münchner Räterepublik zwischen April und Mai 1919 eine größere, wenn auch nicht führende Rolle. Er überlebte die Säuberungen nach der blutigen Niederschlagung der Räterepublik, da er zu dem Zeitpunkt bereits im Gefängnis saß. Anders als ihm von Meyrink vorhergesagt überstand er die Münchner Revolutionen an Leib und Leben mehr oder minder unversehrt. Kurz nach der Machtübernahme 1933 verschleppten ihn die Nazis in das Konzentrationslager Oranienburg, wo sie ihn etwas über ein Jahr später ermordeten.

GUSTAV MEYRINK hatte als Schriftsteller nach Kriegsende nicht mehr viel Glück. Die Romane *Der weiße Dominikaner* (1921) und *Der Engel vom westlichen Fenster* (1927) kamen an die früheren Erfolge bei weitem nicht heran. Er hielt sich und seine Familie mit Drehbuchaufträgen, Übersetzungen und Zeitschriftenartikeln über Wasser. Das Haus am See, das *Haus zur letzten Latern,* musste er 1928 verkaufen. Meyrink starb am 4. Dezember 1932 in Starnberg und ist auf dem Friedhof an der Hanfelder Straße begraben.

FRIEDRICH WICHTLS Buch erschien Anfang 1919 unter dem Titel *Weltfreimaurerei Weltrevolution Weltrepublik*, erlebte viele Auflagen bis in die Zeit des Nationalsozialismus und gehört heute noch zum Kanon jener Menschen, die gerne an eine freimaurerisch-jüdisch-zionistische (oder sonst irgendeine) Weltverschwörung glauben möchten.

*

Einige Bücher, ohne die es nicht gegangen wäre:

Kurt Eisner, *Gefängnistagebuch*. Herausgegeben von Frank Jacob, Cornelia Baddack, Sophie Ebert und Doreen Pöschl, Berlin 2016

Hartmut Binder, *Gustav Meyrink: Ein Leben im Bann der Magie,* Prag 2009

Gustav Meyrink, *Der Golem,* 7. Abdruck, März 1916, Kurt Wolff Verlag, Leipzig

*

In diesen Archiven und Bibliotheken fand ich mit Hilfe freundlicher Mitarbeiter wertvolle Hinweise und die mindestens ebenso wichtigen Abgründe, die sich zwischen den Fakten auftun:

Monacensia, Literaturarchiv der Stadt München (Teile des Nachlasses von Gustav Meyrink)

Bayerische Staatsbibliothek München, Handschriftenabteilung (Teile des Nachlasses)

Bundesarchiv Berlin-Lichterfelde (Korrespondenz zwischen Gustav Meyrink und dem Auswärtigen Amt wegen des »Freimaurerromans«)

The Ritman Library: Bibliotheca Philosophica Hermetica, Amsterdam (Teile des Nachlasses)

Politisches Archiv des Auswärtigen Amtes, Berlin

*

An einigen Stellen in diesem Roman erscheint Text aus Meyrinks Werken wortgetreu: Wozu das Rad neu erfinden, wenn es perfekt rund dahinrollt?